冬青樹下的福爾摩斯 2

散狐 著
雨野 繪

Such were the gifts

Contents

HOLMES UNDER THE HOLLY

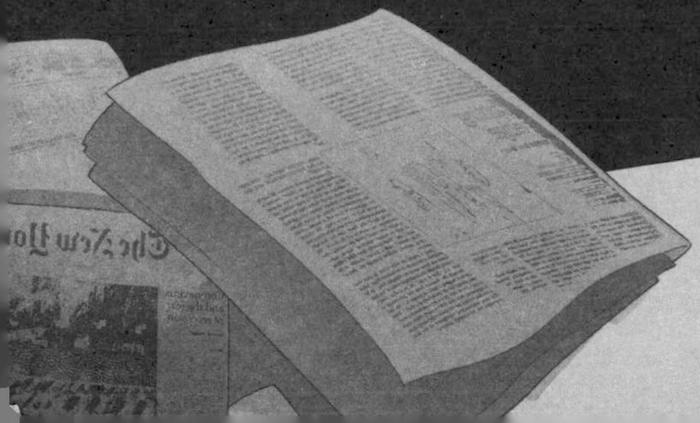

CHARACTER FILE

沐荻伶

「如果你是『福爾摩斯』，那就由我來擔任『華生』。有我來協助調查，說不定會發現之前沒注意到的疑點哦？」

「櫻樹下的幽靈」事件的主使，也是沐荻悠的妹妹。頭腦靈活，個性冷靜聰敏，心中卻暗藏著某種不安。

尤亞

CHARACTER FILE

「就讓本驅魔神探尤亞來會會你們這些小卒吧！
在我的眼皮子底下，一張紙條都不會讓你們撿走的！」

如小動物般活潑好動且貪吃，好奇心旺盛卻很膽小。
做事非常有責任心且有愛心，是動物救援社社長。

第1章

惡魔符號與天使翅膀（一）

「各位同學早安，在朝會結束前，主任有幾件簡單的事項要宣布，還請稍安勿躁。」

從音質略顯破損的麥克風裡傳出的聲響，在中年教師平板的語調催動下，響徹整個操場。

因應茗川高中的慣例，全校學生此時正齊聚一堂，進行一週一次的朝會。暖和的冬陽高掛在天空中，向下方散發陣陣熱力。

「好熱啊，小靜。」尤亞不顧形象地拉開校服領口，讓冷空氣灌入汗溼的襯衣間。胸口的悶熱感暫時得到緩解後，她舒暢地呼了口氣。

「明明已經是冬天了，為什麼還會這麼熱啊……」

「尤亞，注意一下形象。」站在她身旁的李靜趕忙伸出手，按住尤亞的制服領口，「小心內衣會被人看到喔。」

「別擔心，我的沒大到能露出來啦。」尤亞懶洋洋地用手掌搧著風，嘴上仍不停碎念，「看這個態勢，主任八成還要再講個十幾、二十分鐘吧，明明臺下幾百個學生都在晒太陽，就不能稍微體諒我們一下嗎？」

「噓，小聲一點，會被老師聽到的啦。」

「才不會咧，妳看我們班班導都已經躲到樹蔭下去了。」不顧李靜的制止，尤亞呵呵一笑，順手比了比遙遠的操場一角。

只見十多名班導師正聚集在樹蔭下，躲避儘管不算熱辣、卻仍刺人肌膚的陽光。相較之下，在操場中央整齊列隊的學生們就顯得相當可憐。

「真是過分，把有限的好處都獨占了，這難道就是資本主義的社會嗎？」尤亞恨恨地咬著牙，朝遠方投以怨懟的視線，「小靜妳都不會覺得熱啊？」

「嗯？跟田徑隊的訓練比起來，這點太陽根本不算什麼。」李靜聳聳肩，稍稍捲起袖口，展示自己曬成小麥色的肌膚，「要我來說的話，是尤亞妳太缺乏鍛鍊了。」

「咕嗚。」當面受到「缺乏鍛鍊」這般評價的尤亞，不服氣地游移視線，打算無論如何都先拉個墊背的再說。

「妳錯了，小靜，要說缺乏鍛鍊的話，我們班還有個比我更慘的人……」

「要找夏冬青的話，他不在喔。」沐荻伶略帶笑意的聲音，從尤亞背後傳來。

尤亞急急回過頭，正好和位於隊伍後端的沐荻伶對上目光。

「妳看，他平常站的位置沒有人在。」沐荻伶用下巴指了指隊伍前排。

順著她的眼神看去，能發現按照座號排列的男生隊伍似乎比平時短了一些，理應站在高大金髮男孩身邊的夏冬青，此時卻不見蹤影。

「真的耶。」尤亞咂了咂嘴，似乎對沒能拉成夏冬青做為墊背感到頗為不滿，「阿青那傢伙，難道膽子已經大到連朝會都敢翹了？」

「正確來說，是請假了。」沐荻伶淺笑著說道，「早上我有看到副班長去代填他的假單，好像是感冒了。」

「呿，反正肯定是裝病在家睡覺吧。」尤亞毫不領情地撇撇嘴，重新將注意力轉回至講臺上。

剛宣布完「舊校舍翻新工程將會從今天開始」的學務主任，此時正慢條斯理地調整麥克風，繼續進行下個項目的說明。

「咳，最後這邊呢，主任要提醒各位同學一件事情。有在留意新聞的同學應該都知道，最近各大校園裡有一種叫做『天使之翼』的新型毒品正在流通。」說到這裡，學務主任的臉色轉為嚴肅。

「那是一種用印著翅膀圖樣的薄紙分裝的藥品，外觀類似於藥房常用的紙包，如果有同學發現類似的物品，請馬上送到學務處，由主任統一處理。」

「天使之翼？」聽到這個陌生的單詞，李靜喃喃複誦，「那是什麼東西啊？」

「好像是一種由多種藥物混合而成的迷幻劑，我這幾天都有看到相關新聞。」沐荻伶悄聲接口，「那款毒品已經在別的學校鬧出人命了，據說有學生吸食之後，產生『能飛翔』的幻覺，而從五樓高的地方跳下。」

「嗚哇……」李靜倒抽一口氣，不用沐荻伶繼續說明下去，她就能輕易想像從這麼高的地方躍落，會有什麼後果。

「雖然警方已經掌握住可能的供貨嫌疑人，但經過多次搜索，還是沒能找到那批藥品的下落。因此，主任要在這邊跟各位同學特別提醒一下，爾後如果有碰到校外人士主動接觸、甚至要求幫忙轉交物品的狀況，請務必馬上離開現場，並盡快通報學務處。」

學務主任經過麥克風擴大的聲音，在操場周圍陣陣回響。

「此外，這段期間也請各班班導師多加留意同學們的身心狀況，如果有發現任何異常，一樣盡速通報學務處，以上。」

以這段話做為結語，學務主任關掉手中的麥克風，轉身離開講臺。

「咦？這就結束了？」不知為何，尤亞露出相當失望的表情，「我還以為這禮拜一定會提到『那件事』的說。」

「哪件事？」李靜疑惑地回頭，對一直喊熱的尤亞居然會捨不得朝會結束感到意外。

「那個啊，操場上發現的神祕紙條。」尤亞嘟起嘴唇，不情不願地跟著班上同學的腳步整隊，回教室上課。

「喔，妳說那些畫了奇怪人臉的紙片嗎？」被這麼一提醒，李靜也想起自己在十多天前拿給尤亞的那張小紙片。

大約掌心大小的白紙上，畫滿了意義不明的扭曲字體，仔細一看，就能發現這些文字似乎和人臉有幾分相似。或笑或哭、或喜或怒，數十個表情各異的人臉布滿於皺巴巴的紙片上，令人感到毛骨悚然。

「那些紙條已經出現在操場上兩週了耶，學校該想辦法調查一下了吧？」尤亞一邊跟著人潮移動，一邊鼓著臉頰抱怨，「是誰把紙條丟在那裡、那些符號代表什麼意思之類的，就沒有人好奇這些問題的答案嗎？」

自從神祕的人臉紙條現蹤以來，已經過了約莫兩週，在這段期間，操場上時不時能找到四處散落的紙片，每一次的數量都多達十數張。這種異常現象，很快就吸引了包括尤亞在內的許多學生的注意，不過茗川校方似乎沒有打算要採取什麼措施就是了。

「我記得新聞社不是有派人調查嗎？」跟在尤亞身邊緩步前行的沐荻伶輕聲說道，「印象中，上星期的校刊好像有推出相關的報導。」

「對啊，聽說他們為了調查紙條的來源，放學後還讓社員在操場旁輪流站崗，想看看那些紙條到底是誰丟的。」一提到這種話題，尤亞的精神就來了。她緊握雙拳，眼神迅速掃過四周，像是在警戒隨時會出現的神祕人臉符號。

「結果呢？他們有找出丟紙條的人是誰嗎？」身為最初撿到紙條的其中一人，李靜也提起了興趣。

「沒有，平常會出入操場的人實在太多了，就算全天候監視，也不太可能真的被他們抓到啦。」尤亞搖搖頭，似乎不怎麼苟同新聞社這種土法煉鋼的做法。

「原本他們好像有要為這件事特別寫個專題報導，但因為資訊實在太少，最後只好改成每次找到紙條的時候，就在校刊網頁上發布消息、貼貼照片，註記那天找到的紙條位置和數量什麼的。也算是不錯的追蹤調查了吧？」沐荻伶說著，稍稍勾起唇角。

「不不不，小伶，這妳就錯了。」尤亞一面發出嘖嘖聲，一面搖動手指。

「根據我……人稱『茗川高中首屈一指的驅魔神探尤亞』的推理，要解開這些紙條的謎團，就必須從那些『人臉符號』著手才行。只要能看懂上面寫的是什麼，要找出幕後黑手就不是難事了！」

「意思是說，妳想從破解密碼的方向調查這起事件嗎？」

「沒錯。」尤亞用力點頭，「妳想想看，光明正大地留下加密訊息的犯罪者，還有以破案神速著稱的天才偵探，這個組合根本就是經典推理劇特有的角色配置啊！接下來只要身為偵探的我能解開密碼，將陷入恐慌的茗川校園拯救於水火之中，一切就能完美落下帷幕，讓所有人拜服在偉大的驅魔神探尤亞腳下。可喜可賀！可喜可賀！The End！全劇終！」

先不論尤亞究竟有沒有「神速的天才偵探」這個稱號，光是她剛才那番言論就有不少可吐槽之處。然而沐荻伶沒有針對那些提出質疑，只是輕笑兩聲，一轉目光。

「那，目前為止進度怎麼樣？」

「什麼進度？」尤亞歪過頭。

「解碼的進度。」沐荻伶回以平靜的微笑，「妳不是說要用破解『人臉符號』的方式來調查嗎？新聞社在這兩個禮拜找到了不少張紙條，妳自己也有在收集，樣本數應該夠了，差不多可以得出一些結論了吧？」

「呃，這個……那個……」尤亞滿頭冷汗地移開視線，雙手食指不斷在胸前互相戳來戳去，「我認為呢……解碼這種事，還是謹慎一點會比較好……」

「妳喔，大話還是少說一點啦。」從剛才就旁觀到現在的李靜一把捏住尤亞的臉頰，讓她發出「痛痛痛」的哀號。

「其實我還算能理解新聞社的做法。」看著臉頰在李靜的揉捏下大為變形的尤亞，沐荻伶淡淡地表示。

「尤亞，妳知道他們為什麼沒有針對解碼的方向進行調查嗎？」

「為、為什麼？」

「首先，我們都只是普通的學生，沒有接受過專業的解碼訓練，要從零開始分析、破解這種自創的字符，難度實在太高了，而且也還沒辦法確定這是不是某人的惡作劇。」

「某人的……惡作劇？」尤亞淚眼汪汪地抬起臉龐。

「嗯，畢竟是發生在高中校園內，說不定只是哪個人吃飽太閒，為了引人注目才搞出來的事件。」沐荻伶冷靜地分析。

「如果真是那樣，探究紙條的內容就只是徒勞而已。我想新聞社的人就是考慮到這點，才會採取相對被動的應對方式吧。」

「可是……可是……」尤亞支支吾吾了半天，最後才半放棄似地大喊，「用那種方法調查的話，不就只能等對方自投羅網了嗎？這樣就算真的破案了，也一點都不帥啊！」

「又不是推理小說，現實世界的案件哪可能每次都用帥氣的方法解決。」在意著周圍同學投來的視線，沐荻伶不禁露出苦笑。

「而且我剛才也說了，那些紙條很可能只是某個人的惡作劇，在造成實際危害前，不管校方還是新聞社應該都不會積極調查，勸妳也別太放在心上喔。」

「但人家還是覺得這件事很奇怪嘛！」

正當尤亞一行人吵吵鬧鬧地抵達校舍邊緣時，一道高瘦的身影排開人群，朝她們迎面走來。

來者身穿沾滿灰塵的工作服，一頭散亂的黑髮攏在腦後，露出黝黑的臉龐和滿是鬍碴的下巴。儘管身形偏瘦，男人從背心袖口處露出的雙臂仍相當結實，一眼就能看出那經過勞動、累積而成的肌肉線條。

在一眾身穿制服的學生間，這名年紀明顯較大的男人無比惹眼。他側身避開簇擁而至的人流，獨自往操場的方向走去。

直到男人來到她們面前，尤亞才發現他近看時，跟遠看時相比要年輕一點，目測頂多二十五、六歲。只是不修邊幅的髮型和鬍碴替男人增添些許風霜感，才讓人感覺他比實際年齡要大上一些。

「這是新來的老師?感覺不像啊?」尤亞又上下打量了男人兩眼,小聲嘟囔。

至少她不認為有哪個老師會以這麼狂放的造型來上課。

「那應該是工地的工人啦,妳剛剛沒有聽主任說嗎?舊校舍的翻新工程要正式開始了。」沐荻伶也跟著壓低聲音,像其他學生那樣,側身替高瘦的男人讓道。

「欸?現在才要開始嗎?鐵皮牆不是已經圍了快一個月了?」

「之前好像還在做施工的準備什麼的……」

尤亞和沐荻伶才剛咬耳朵咬到一半,身旁的李靜就突然停下腳步。

「信哥?」

聽到這聲呼喚,尤亞反射性地沿著李靜的視線望去。只見她正與駐足下來的高瘦男子四目相望,兩人似乎都對這次的不期而遇感到頗為意外。

「妳上高中了?」沉默數秒後,被李靜稱作「信哥」的年輕男子才淡淡開口。

「嗯。」李靜點點頭,眼神中透露出些許尷尬。

聽到她叫出那聲「信哥」之後,尤亞就毫不掩飾地往她的側臉投來「咦?青梅竹馬?前男友?還是沒有血緣關係的哥哥?」的刺人視線,要不是周圍閒雜人等眾多,她可能已經纏上來追問兩人的關係了。

「信哥,你來這邊工作?」李靜一邊為自己過於輕率的行為感到後悔,一邊壓低聲音問道。

「我是這期工程的工頭。」年輕男子向坐落在操場另一端的舊校舍工地微微頷首，正面肯定這個提問。

朝他示意的方向望去，能清楚看到一棟被鐵皮圍牆包覆住的老舊獨棟建築，區隔著操場，和尤亞等人身處的新校舍相望。

那是茗川高中創校初期興建的校舍群，現在因為過於老舊，必須經過適當的翻修才能再做使用。因此大約在一個月前就拉起了工程用的鐵皮圍籬，現在終於要動工了。仔細一看，就能發現鐵皮圍牆邊已經聚集了十數名身穿工作服的男子，正整理著工具，準備開工。

遠遠看見那幅景象後，被稱作「信哥」的年輕男子也很快回過頭，向李靜抬了抬下巴。

「我先過去，下次再聊。」

「好。」李靜才剛點頭，年輕男子就迅速轉身離開，只留下稍稍抬起手的李靜尷尬地站在原地。

尤亞看看李靜，再看看朝舊校舍工地快步走去的男人，露出一抹壞笑。

「齁齁齁，小靜～」

「怎樣啦！」被尤亞一把抱住肩膀的李靜，難得展現出慌亂的模樣。

「剛剛那個男的是誰啊？嗯？前男友？青梅竹馬？還是……沒有血緣關係的哥哥？」尤亞用指尖戳著李靜的臉頰，氣勢逼人。

「那是我的堂哥啦，我們以前住在隔壁。」李靜掙扎著從尤亞的臂彎間脫身，原本還有些尷尬的神情迅速從臉上消退，「只是有一陣子沒連絡，剛剛遇到有點意外而已，不是妳想像的那樣啦。」

「喔？」尤亞歪過頭，眼神中依然滿是懷疑，「原來是小靜的堂哥啊……」

「沒錯，他叫做李信，我以前都叫他信哥。」

「堂哥……沒有血緣關係的？」

「就說是堂哥了，哪可能沒有血緣關係啊！」

「呿，真沒意思。」尤亞撇撇嘴，滿臉沒趣地收回手，「還以為能聽到小靜不為人知的初戀情史咧。」

「很遺憾，我的初戀已經獻給田徑了。」李靜輕哼一聲，用腳跟踏了踏地面，「我從國中開始就一直在練跑步了，哪有時間談戀愛。」

「沒關係，等妳長大之後就嫁給我吧，小靜。」

「才不要，離我遠一點。」李靜一把推開張開雙臂、往自己身上抱過來的尤亞，快步往教室走去。

「欸，小靜，等等我嘛！」

上課的鐘聲在下一刻響徹校園，讓陷入沉思的沐荻伶回過神來。捲過操場中央的冷風將她的髮絲吹起，稍稍遮蔽住尤亞和李靜往樓梯快步奔去的背影。

沐荻伶舉起手，指尖捏著剛才在操場邊緣撿到的嶄新紙條。和之前找到的眾多紙條相同，被隨意剪開的手心大小的影印紙，上頭填滿了用黑筆塗寫的詭異人臉符號。十數個筆法粗糙的人臉，透過薄薄的紙片向沐荻伶投以無言的瞪視。

「這真的……只是某人的惡作劇嗎？」

這句幾不可聞的低語，從沐荻伶的唇瓣間落下，在空氣中四散化開。

◆

「咦？這是妳剛才在操場邊找到的嗎？」尤亞緊抓剛拿到手的紙條，睜大眼睛。

第一節下課時間，教室內被同學們亂哄哄的吵鬧聲占據。和一早的自習時間相比，原本令人昏昏欲睡的氣氛已經在上課的過程中甦醒了不少。還沒吃早餐的、想跑廁所的、有話題想和朋友分享的人們紛紛起身活動，讓校舍恢復了應有的活力。

在這樣的環境中，佇立在尤亞座位前的沐荻伶顯得無比平靜。

「差不多是遇到李靜堂哥的那個時候吧，我發現它掉在水溝蓋附近，就順手撿起來了。」

「怎麼可能？我居然沒發現！」尤亞抱住頭，對自己沒能發揮觀察力感到十分懊惱。

「我也是碰巧看到的，妳就收著吧。」沐荻伶不怎麼在意地笑了笑。看著尤亞慎重地幫紙條拍照、再收進透明資料夾裡，沐荻伶側過頭。

「尤亞，我能問妳一個問題嗎？」

「可以啊，妳想問什麼？」尤亞很快抬起臉龐。

「既然妳這麼想知道紙條上的符號代表什麼意思，為什麼不去問問夏冬青呢？」沐荻伶笑著說道，「他的話，說不定真的能從那些紙條上看出什麼端倪喔。」

「妳說阿青啊……」尤亞想了想，不情願地嘟起嘴唇。

「可是找他幫忙的話，不就等於承認他才是『茗川第一神探』了嗎？」

——難道不是嗎？

原本想這麼回答的沐荻伶，在最後一刻把衝到嘴邊的話語收了回去。

「難得遇到這麼有趣的事件，我想靠自己的力量推理看看。要是成功了，就能讓那個老是滿臉想睡的傢伙刮目相看了。」想到自己帥氣破案的畫面，尤亞忍不住露出得意的笑容。

「所以經過兩週的蒐證調查，妳有得出什麼結果了嗎？」沐荻伶悠然微笑。

在她無言的凝視下，尤亞迅速別開眼神。

「這個……要是再給我一點時間，一定可以……」

「一定可以？」

「一定可以……那個……推理出那些符號代表什麼意思。」吞吞吐吐半天，尤亞好不容易才組織出完整的句子。

對此，沐荻伶可是毫不領情。

「再這樣拖拖拉拉下去，說不定會被新聞社捷足先登喔？」

「咦？」

「妳應該知道吧？雖然沒有一開始的積極，但他們到現在都還一直在追蹤著那些紙條的動向。」沐荻伶慢悠悠地說道。

「就算調查手法再怎麼粗糙，只要繼續投注大量人力，說不定真會讓他們查出些什麼。到時候別說『茗川第一神探』的稱號了，連妳這陣子付出的辛勞都會付諸流水喔。」

「咕……」

「哎，真是期待呢，真期待校刊上登出『人臉符號』怪談破解的報導。」沐荻伶裝出悠然神往的模樣，遠眺新聞社所在的四樓校舍。

「我、我突然想起一件事情！」尤亞一把推開椅子，從座位上站起來，「所謂的名偵探通常都會需要一個助手對吧？就像華生和福爾摩斯那樣。沒錯，偶爾諮詢一下助手的意見，也是偵探工作的一環！」

「的確是這樣呢。」沐荻伶語帶笑意地附和。

「仔細想想，阿青就像我的華生一樣，剛好他今天感冒請假了，要是沒人去探病就太可憐了。」尤亞自顧自地連連點頭，拿起手機輸入一連串訊息，「很好，已經從班長那邊問到阿青家的地址了，接下來只要等到放學，就隨時能出發囉！」

「那真是太好了。」

「小伶，妳也會一起去的，對吧？」或許是擔心自己一個人去探望夏冬青會有些尷尬，尤亞向沐荻伶拋出央求的視線。

「如果不會添麻煩的話。」

身為誘導尤亞去找夏冬青幫忙的始作俑者，她自然不會拒絕這個邀請。問題只剩下班長給的地址是否可靠，以及夏冬青本人是否歡迎她們的造訪而已了。

「妳會提前跟夏冬青說一聲嗎？我們放學後會過去探望他這件事。」

「咦？怎麼可能那麼做啦。」尤亞揮揮手，臉上的表情寫著「那還用說」。

「要是問了，不就擺明了會被拒絕嗎？那個傢伙肯定會半閉著眼睛說『別來，麻煩死了』之類的話，然後把門鎖得緊緊的。」

「確實是……滿有可能會變成那樣的。」沐荻伶無奈地笑了笑。不需要太豐富的想像力，她就能輕易在腦中描繪出夏冬青說出那番話的模樣。如尤亞所說，事先詢問夏冬青意見的話，多半只會得到拒否的答覆。但要是真的在沒有事先知會的情況下跑去探望人家，夏冬青也多半不會給她們好臉色看。

儘管知道這點，沐荻伶還是沒有向尤亞多說什麼。

「畢竟我也挺好奇那些符號的含義的……」

「小伶？妳剛剛說了什麼嗎？」

「沒什麼。」沐荻伶搖搖頭，沒有正面迎接尤亞關心的視線。

詭異的人臉符號究竟代表著什麼？那些紙條又為何會接連出現在操場周圍？以上問題，全茗川恐怕只有夏冬青能解答——至少沐荻伶是這麼認為的。

「既然如此，我就把能做的事情都先做一做吧。」

「能做的事情？什麼意思啊？」尤亞不解地歪頭，看著沐荻伶轉身往自己的座位走去。

「沒什麼，只是想到有件事可以嘗試看看。」沐荻伶回眸一笑，彎起的雙眼盈滿機靈的光芒。

「放學等妳去社團餵完動物後，我們在校門口會合？」

「可以喔。」雖然挺好奇沐荻伶口中的「某件事」究竟意味著什麼，尤亞還是乖乖圈起手指，比了個「OK」的手勢。

「那就到時見囉。」丟下這句話後，沐荻伶就逕自走回位子上。下一刻，上課時間開始的鐘聲也隨之敲響。

在四面繚繞的回音中，尤亞忍不住嘆了口氣。

「為什麼每個人做事都這麼神神祕祕的啊？」

夏冬青和沐荻伶也就算了，現在連她國中以來的好閨密李靜，都好像有什麼不為人知的過去，這讓一向好奇心旺盛的尤亞感到異常煩躁。

「我看看喔，現在離放學……還要這麼久啊？」尤亞望著牆上的掛鐘，時針目前指著的位置距離放學時間，還有令人絕望的大半圈。

看來今天會是難熬的一天了。

「尤亞，妳要撐住啊。」尤亞眼角泛淚地按住胸口，用力點了點頭。

直到夕陽西下，尤亞已經憋到快內出血了，放學鐘聲才總算打響。

一收拾好東西，她就立刻飛奔前往社團教室，以比平常快兩倍的速度完成動物救援社的日常勤務——順帶一提，兩倍速的散步讓兩隻小狗極為興奮。接著再直衝校門口，和正好走來的沐荻伶碰頭。

「呼、呼呼……小伶！」顧不得嘴上還喘著氣，尤亞踮起腳尖，連連揮動手臂。

注意到她的沐荻伶由慢步改為小跑，排開最後一點離校的人流朝她走來。

「今天好像比較早結束呢，動物救援社的勤務。」

「人家等不及了嘛。」尤亞不好意思地抓抓頭，從口袋掏出裝有兔子形狀保護殼的手機，「小伶妳那邊也處理好了嗎？」

「嗯，滿順利的。」沐荻伶有意無意地瞄了掛在肩上的書包一眼，對尤亞展開微笑，「那，我們出發吧？」

「沒問題！」尤亞豎起拇指，一馬當先地邁開腳步，循著手機螢幕上顯示的市區地圖，朝標有夏冬青住處的藍點前進。

這段路途並不算長，沒有花費太多時間，就順利抵達了藍點標示的位置。

「咦？這裡是……出租公寓？」尤亞抬起頭，聳立在兩人眼前的，是一棟四層樓高的建築。

相比家庭式套房，這種房間坪數不大的小公寓，優點就是租金便宜，相當適合有外宿需求的學生。不過說到底，這種出租公寓的房間都頗為狹小，每房至多只能容下一人居住，這讓本以為夏冬青是和家人同住的尤亞和沐荻伶感到非常意外。

「原來阿青是一個人住啊？」

「我也是第一次知道。」

兩人仰望老式的環形公寓好一會兒，才總算回過神來。

「小伶妳看，有警衛欸。」尤亞指了指公寓前庭的警衛室，隔著玻璃窗，能看到裡頭有個上了年紀的管理員正打著呵欠。

「嗯，這下有點麻煩了。」沐荻伶嘆了口氣，眼神變得凝重。

原本以為可以直奔夏冬青住的四〇五號室，強行敲門和他見面的，但如果入口處有警衛把守的話，實行這個計畫的難度就提高了不少。

「怎麼辦？要打電話請阿青下來嗎？」

「不，他不會下來的吧？畢竟是那個夏冬青。」沐荻伶冷靜地回答，「要是有提前約好就算了，我們可是不請自來的喔？」

「說的也是……」尤亞低下頭，原本高漲的氣勢一下子萎靡了下來。

「那現在該怎麼辦？要學劫盜電影那樣，用聲東擊西之類的方式把警衛引開嗎？」

「應該……也不用做到那種地步啦。」沐荻伶無奈地笑了笑，眼神一轉，「我去問問看好了。」

「問誰？那個警衛嗎？」尤亞警覺地抬起頭。

「就說是要探望生病的同學，搞不好行得通。」沐荻伶丟下這句話後，頭也不回地往警衛室的方向走去。

在尤亞緊張萬分的注視下，沐荻伶和警衛的談話大約持續了十數秒，只見當班的老人隨口問了幾個問題，就大手一揮，替她們開了公寓大門。

「尤亞，過來吧，我們走樓梯上去。」

「欸？這麼容易的嗎？」發現沐荻伶遠遠地向她招著手，尤亞趕緊三步併作兩步地跑過去。

「一般來說，這種時候不是應該要由我來想出一個精采的調虎離山計畫，然後一邊解鎖、一邊跑酷，最後趕在警衛回來的前一刻，上演驚險的入侵戲碼嗎？」

「妳電影看太多了啦。」沐荻伶用簡短的一句話截斷尤亞的遐想，露出深思的神情。

「不過那個警衛的態度實在是有點隨便，居然這樣就放我們進去了。是我的錯覺嗎……總覺得他好像已經對這類型的訪客很習慣了？」

「不用想太多啦，反正我們已經成功進來了啊。」尤亞毫不在意地爬上樓梯，一邊回頭向沐荻伶投以確認的目光，「話說回來，小伶妳今天早上說要先去處理的事情，最後怎麼樣了？進行得還順利嗎？」

「很順利喔，現在也差不多是時候讓妳知道了。」沐荻伶頓了頓，從掛在肩上的書包裡拿出一個鐵製的餅乾盒，「猜猜這是什麼？」

「難道是……新口味的零食?!」一向貪吃的尤亞停下腳步，不顧兩人還身處樓梯間，就返身湊到沐荻伶身邊。

「別急，這不是吃的啦。」沐荻伶稍稍將餅乾盒的盒蓋掀開，展示裡頭整齊疊放的大量紙片。數十張畫滿人臉符號的紙條，用螢光色的標籤按照「時間」「地點」分門別類。

「這是我跟新聞社要來的，他們至今為止收集到的所有『人臉符號』的紙條。」

「欸?!」尤亞不禁張大嘴巴，指指紙條、再指指一臉悠然的沐荻伶。

「跟新聞社要的？他們真的給妳了？」

「我只是跟社長說要交給『那個夏冬青』調查，他們就把之前收集的紙條都交給我了。」沐荻伶「啪」地闔上餅乾盒的蓋子，將其收入書包。

「雖說新聞社社員有拍照備份，但他們會給得這麼爽快還真有點出人意料。」

「八成是聽到阿青的名號就高潮了吧，那群名偵探迷。」尤亞滿臉不屑地冷哼一聲，旋即握緊拳頭，「不過真是太好了，有了這些，再加上我之前收集的樣本，阿青肯定能看出什麼端倪來的。」

「喔？不是神探尤亞，而是由助手夏冬青看出端倪嗎？」

「呃……我、我只是把前置作業交給他而已！妳看，總是要有人先做一些歸納、試錯之類的嘛。推理的部分我當然會自己來！」尤亞滿頭大汗地拚命辯解。對此沐荻伶只是輕輕一笑，沒有繼續追問下去。

兩人以略顯匆促的腳步，很快地爬完四層樓的階梯，尤亞剛從樓梯口探出頭來，就一眼看見位於環型建築末端的四〇五號室。將四樓光景盡收眼底的尤亞，卻一瞬間愣在原地，讓落後一步的沐荻伶差點撞上她的後背。

「尤亞？怎麼突然停下來了？」

「漂漂漂漂漂亮的大姐姐？」尤亞顫抖著舉起手，指向不遠處的走廊末端。

只見一名留著長髮、外型亮麗的年輕女子正順手帶上四〇五號室的門，從口袋掏出鑰匙，將門鎖上，舉手投足間完全沒有外來訪客該有的生疏感。

「妳是不是記錯地址了啊？」

「不不不，應該不可能搞錯的啊……」面對沐荻伶的質疑，尤亞連忙拿出手機確認，「真的就是這棟大樓的四〇五號室，這是班長從班級名冊上查到的資料。」

「這就怪了，以這間公寓的格局來說，一個房間應該不太可能同時分租給兩個房客。」沐荻伶皺起眉頭，思索著各種可能性。

「該不會……阿青今天請病假，是為了叫那種色色的服務來家裡……？」尤亞掩著臉，從指縫間偷看走廊另一端的情況。

「那也不會把鑰匙交給上門服務的那個……小姐吧？」談到這種事情，就連個性早熟的沐荻伶也不禁有些尷尬。她強行壓下動搖的情緒，冷靜分析，「硬要說的話，可能是稍微年長的女朋友？」

「年、年長的女朋友？」尤亞抱住腦袋，肩膀不住地發抖。

「不行啊！阿青！怎麼可以過著糜爛的小白臉生活呢？就算再怎麼怕麻煩，也不能從高一就開始讓人包養吧！」

「噓，小聲點，她要走過來了。」沐荻伶警覺地摀住尤亞的嘴巴，讓她只能發出「嗚嗚啊啊」的悶吟。

眼看年約二十歲的女子已經收妥鑰匙，迎面朝她們走來，緊靠在一起的尤亞和沐荻伶一時間不知道該做何反應，只能眼睜睜地看著對方來到面前。

接近到這個距離後，雙方都能清楚看到彼此的面貌了。剛離開四〇五號室的女子將一頭略紅的長髮攏在腦後，臉上化著淡妝，一雙靈動的大眼睛盡顯韻味。

「怎、怎麼辦？小伶……」

「妳先冷靜點。」沐荻伶以眼神制止從她的指縫間小聲說話的尤亞，正準備把她拉到牆邊、讓女子通過時，才發現對方正以饒富興味的眼神打量著她們。

「妳們是冬青的朋友？」過了令人屏息的數秒鐘後，女子才笑著開口。

尤亞和沐荻伶尷尬地互望了一眼，一時間不知道該如何回答。

既然都提到了夏冬青的名字，就代表眼前的女子確實是與他相識的，這讓沐荻伶隨口說出的「年長女友論」，頓時變得充滿了可能性。

「那個……我們聽說夏冬青生病請假了，所以來探望他。」兩人糾結半天，最後還是由較早恢復冷靜的沐荻伶率先開口，「請問妳是……？」

「哎呀哎呀，所以妳們是冬青的同學囉？」女子沒有馬上回應沐荻伶的提問，而是掩嘴發出呵呵輕笑，「我是看制服猜的，沒想到真的猜中了。」

女子一邊說著，一邊靈活地轉動投射在尤亞和沐荻伶身上的目光。

「那麼，哪位是冬青的女朋友呢？」

「噗！」女子的話聲剛落，尤亞就立刻被自己的口水嗆到。

「阿阿阿阿青的女朋友?!您在說什麼啊！」

「咦？猜錯了嗎？」女子睜大雙眼，滿臉不敢置信，「因為冬青感覺不是那種會有朋友來探望的人啊？除了女朋友以外我想不到其他可能性了。」

「不是不是，不是您想的那樣啦！」不知為何開始使用敬語的尤亞連連搖動手掌，眼中一片混亂。

「啊，難道說……」女子一敲手掌，露出茅塞頓開的表情。

「兩位都是冬青的女朋友嗎？」

「才不是！我們才不是那種淫亂的關係！」尤亞拚命握拳大喊，吶喊聲在走廊間激起陣陣回音。

突如其來的噪音似乎讓女子有點嚇到了，她愣了半秒，才收起那抹促狹的笑意，轉而展開無奈、有趣參半的苦笑。

「我想也是，畢竟我家那個笨弟弟可沒勤勞到會同時跟兩個女孩子交往。」

「咦？弟弟？」

「是的，剛剛沒來得及自我介紹，我是冬青的姐姐，夏秋凝。」夏秋凝主動伸出手，握了握尤亞揮到一半就僵在半空中的手掌，「請多指教。」

「等等、等等……」尤亞扶著額頭，搖搖晃晃地退後一步，最後一把撐住牆壁。

「阿青有姐姐？我怎麼從來沒聽說過！」

「大概是因為他從來沒提過吧。」沐荻伶半睜著眼，給出無比中肯的回答，「仔細想想，他也從來沒有說過自己是獨生子，我們不知道他有姐姐其實挺正常的。」

「咕，居然對助手的家庭狀況一無所知，我身為名偵探還真是失職。」尤亞懊悔地掩住臉龐，下一秒卻猛然抬起頭。

「按照這個節奏，阿青他該不會連孩子都有了吧！」

「怎麼可能。」沐荻伶一邊淡淡地吐槽，一邊偷眼打量駐足在面前的夏秋凝。

和夏冬青相比，秋凝的眼型較為圓潤，目光也更有精神一些。不過那頭細軟的髮絲，以及彷彿未曾受過陽光照射般的白淨肌膚，倒是與夏冬青有幾分相似。

「我們兩個是夏冬青的同班同學，我叫沐荻伶，這位則是尤亞。」既然確定來者是夏冬青的親屬，沐荻伶便做了簡短的自我介紹，「就像尤亞剛剛說的，因為夏冬青今天請了病假，我們有點擔心，所以想請問秋凝小姐，他現在方不方便跟我們見面？」

「啊，不用這麼客氣，叫我秋凝就可以了。」夏秋凝苦笑著揮了揮手，似乎不怎麼擅長應付這種社交辭令，「其實我也是為了照顧冬青才來的，妳們想見他的話我可以帶妳們進去，不過要小心不要太吵了喔？」

「我們會注意的。」見夏秋凝有同意讓她們入室探望的意思，沐荻伶立刻點了點頭，接著迅速往尤亞的手背上一撞。

「啊喔，那、那就拜託您了！」被這麼一撞，尤亞總算意會過來，兩人一起低頭向夏秋凝表達謝意，把後者搞得有些手忙腳亂。

「別這麼客氣啦，我也沒有比妳們大幾歲，這樣多不好意思……」

鬧騰了半天，三人才總算在夏秋凝的帶領下，往走廊末端的四〇五號室進發。

「小伶好厲害，居然連那種漂亮的大姐姐都能搞定。」稍稍落後幾步的尤亞低聲發出讚嘆。即便面對意料之外的情況，沐荻伶仍能面不改色地胡扯，甚至連尤亞都快相信她們真的是要來探望夏冬青，而非尋求調查上的幫助了。

「其實那也不算說謊，我是真的挺在意夏冬青的狀況的。」沐荻伶展開一抹淺笑，稍稍揚起眉角，「畢竟他也是我們的朋友啊，難道尤亞不是這麼覺得的嗎？」

「我、我當然也是這樣想的。」明顯有點心虛的尤亞連忙點頭，「嗯嗯，朋友嘛，我明白的，只要阿青不要每次都用那種敷衍的態度對待我，僅此一天，我願意稱他為朋友喔！」

「這話可千萬別讓他姐姐聽到喔。」沐荻伶望著重新替房門解鎖的夏秋凝，無奈地在唇前豎起食指。

順利打開門後，夏秋凝朝她們打了個「請稍等」的手勢，便獨自進入四〇五號室內，過了數十秒才探出頭來，向兩人揮揮手。

「兩位，可以進來囉。」

等到尤亞和沐荻伶湊到門邊，夏秋凝以腳尖頂住門板，感到抱歉般地合十雙手。

「不好意思，因為冬青感覺還有點不舒服，所以會客時間只有十分鐘喔。」

「十分鐘嗎……」沐荻伶沉吟著，迅速估算時間。

這起「人臉符號」事件的性質並不複雜，以夏冬青的理解能力，十分鐘應該就足夠把狀況說明清楚了。

確定這點後，她冷靜地點點頭，「明白了，謝謝秋凝姐。」

「那我先在外面等，妳們好了再出來跟我說。」夏秋凝退了一步，體貼地讓出門口的位置。

在她的注視下，尤亞和沐荻伶先後進入昏暗的四〇五號室內，門板接著緩緩關上。伴隨嚇人的「喀砰」一聲，大約幾公尺見方的室內瞬間被寂靜吞沒。

「這時候的她們還不知道，這個房間其實住著專門誘拐女高中生的變態殺人犯。」

「不要隨便下那種容易引人誤會的旁白好嗎？巧克力螺旋捲。」夏冬青疲憊的聲音從黑暗中響起，下一秒，房間裡的日光燈就「啪」地點亮。

「沒辦法，剛剛那個場面真的很像恐怖遊戲的開頭啊。」尤亞嘟著嘴，雙眼因為瞬間的光暗轉換而微微瞇起。

直到適應了室內的光線，兩人才終於看清夏冬青的身影。

他斜倚著牆角坐在床上，身體用棉被嚴密地裹住，平時梳理整齊的髮絲散亂地覆蓋住半邊額際，將他的右眼一併遮住。仔細觀察就能發現，男孩的鼻息跟平常相比略顯粗重，光是維持坐起身的姿勢，就十分消耗體力的樣子。

「我還在想怎麼會有人來探病，原來是妳們兩個。」夏冬青嘆了口氣，臉頰在低燒的催化下隱隱發紅，「說吧，找我有什麼事？」

——妳們應該還沒閒到會特地跑來看我吧？

儘管沒有明說，夏冬青那看穿一切的眼神，還是把尤亞和沐荻伶刺得渾身不自在。兩人妳看看我、我看看妳，僵持了好一會兒才雙雙脫下皮鞋，步入房內。

在尤亞懇求的視線壓迫下，沐荻伶無可奈何地走在前頭，遞出顯示茗川高中校刊網頁的手機，「最近學校裡發生了一件怪事，不知道你曉不曉得。」

「怪事……？」夏冬青喃喃複述，伸手接過手機。

肌膚相觸的瞬間，沐荻伶立刻感受到由男孩手掌傳來的滾燙溫度，這讓以為夏冬青的病情不重的她眉心一緊。

「散落的『人臉符號』？」夏冬青逐字念著文章的標題，眼神一瞬間變得銳利。

「大概從兩週之前開始，操場上偶爾會出現這些紙條。」沐荻伶一邊說明，一邊從書包內拿出裝有人臉紙條的餅乾盒。在她的示意下，尤亞也拿出收在資料夾裡的部分紙條。

新聞社和尤亞這兩週以來的努力，化為數十張紙片攤在夏冬青面前。無數扭曲的人臉符號占據著床角，乍看之下簡直就像某種邪教儀式。

「所以呢？妳們希望我幫什麼忙？」過了半晌，夏冬青才緩緩抬起目光。

「新聞社……還有我們都試了很多方法，還是沒辦法搞清楚上面寫了什麼，連散布紙條的人是誰都不知道。」尤亞怯生生地開口，手指緊緊捏住裙襬。

「所以我想說，如果是阿青的話，說不定……」

「要我幫妳們解讀這些密碼就對了。」夏冬青有些不耐地打斷尤亞，讓她肩膀一縮。

接下來的幾分鐘，夏冬青將餅乾盒和資料夾裡的紙條全部抽出來反覆翻看，除了時不時會在新聞社貼的標籤處停留幾秒外，他幾乎沒有絲毫停頓。不一會兒，就將數十張的紙條全數翻看完畢。

這段期間，尤亞大氣也不敢喘上一口，生怕打擾了「助手夏冬青」的調查。反觀沐荻伶則是微微皺著眉，緊盯夏冬青的臉龐不放，似乎是在觀察男孩的表情變化。

直到最後一張紙片從他的指縫間落下，夏冬青才緩緩吐出一口氣。

「怎麼樣，有看出什麼嗎？」尤亞滿懷期待地問。

「什麼也沒有。」

「欸？」

「什麼也沒有。」夏冬青語調平淡地重複一次，眼神很快又黯淡下來，「我又不是什麼超級電腦，怎麼可能看個兩眼就解讀出來。」

「說、說的也是……」

「直觀來看，這滿有可能是替代式的圖形密碼。」夏冬青搗著嘴巴低聲說道，「比如說，用數字1取代英文字母A，用數字2取代英文字母B，用類似這樣的字符轉換來組成密碼。」

「啊，意思是說，這上面的每個人臉都代表一個英文字母嗎？」尤亞一敲拳頭，露出恍然大悟的表情。

「或許吧。」夏冬青不置可否地垂下眼簾。

「雖然是比較直接的加密方式，但要解讀的話，還是得花點時間，妳們有很急嗎？」

「沒，其實還好。」尤亞搖搖頭。光是知道這些紙條可能的加密方式，對她來說就已經是一大突破了。

「那這些東西就先放我這裡，我有空會再研究看看。」夏冬青晃了晃手中的餅乾盒和資料夾，將它們順手放在床頭櫃上頭。

放妥兩樣物品後，他重新坐直身體，左右望了望圍繞在床邊的尤亞和沐荻伶。

「還有什麼事情嗎？」

「呃……」突然發現事情已經辦完的尤亞張了張嘴，一時間不知道該說些什麼。她支支吾吾了一會兒，才小心翼翼地放低目光，仔細窺探夏冬青的臉龐。

「阿青，你還好嗎？有沒有很不舒服？」

「沒事，只是需要多休息。」夏冬青簡短回了一句，便閉上雙眼，「沒有其他事情的話，我要繼續睡覺了。」

「喔、好……」聽到這個和逐客令沒兩樣的回答，尤亞只能摸摸鼻子、重新直起身。

「那我們回去了喔？阿青你如果有需要什麼東西，可以傳訊息給我，我上下學的時候順路送來給你。」

這次夏冬青沒有開口，只是微微點了點頭，似乎連說話的力氣都不剩了。

「小伶，我們走吧？」

「抱歉，我有件事情想單獨跟夏冬青說，妳能在外面等我一下嗎？」沐荻伶語帶歉意地向尤亞眨眨眼，「大概兩分鐘就好。」

「有話要單獨跟阿青說？」尤亞歪過頭，視線在沐荻伶和夏冬青之間來回游移數秒，才像是突然搞懂了什麼般，慌忙退開兩步。

「啊、那個，我去外面等，你們慢慢來。」

默默看著尤亞滿臉通紅地穿上鞋子，跑出房間，把門板「砰」的一聲大力甩上，夏冬青嘆了口氣，將目光轉回到沐荻伶身上。

「妳是故意用那種引人誤會的說法，對吧？」

「想把尤亞支開的話，這樣比較有效率。」沐荻伶緩緩地展開微笑，前一刻展現在臉上的歉意已經徹底消失。

她按住裙襬，側坐在床沿，趁夏冬青還沒來得及反應，就將手掌撫上他的額頭。滾燙的溫度立刻從掌心傳來，令沐荻伶眉頭一緊。

「妳在做什麼？」夏冬青淡淡問道，原本遮蓋住半邊額際的瀏海，因為這個動作被撥了開來。

沐荻伶以平靜的視線回望夏冬青，男孩那對直到剛才都還一片黯淡的雙眼，此刻卻閃耀著明亮的火光。

那是「想要追根究柢」的眼神。

她知道這起謎一般的事件已經引起了夏冬青的興趣，要是就這麼放著不管，他多半會拖著重病的身軀，徹夜研究那些詭異的人臉符號吧。

證據就是，夏冬青沒有把裝有紙條的餅乾盒和資料夾收進抽屜裡，而是放在床頭櫃上。他不自覺地將目光撇向床頭櫃的舉動，當然也沒有逃過沐荻伶的法眼。

「如果我現在離開的話，你會馬上開始研究那些『人臉符號』嗎？」

「……為什麼不？」儘管連吐出的氣息都有些灼熱，夏冬青仍沒有絲毫遲疑。

「不要逞強，這說不定只是某個人的惡作劇而已。」沐荻伶以略顯強硬的語氣告誡道，「無論如何都先好好休息，把感冒養好再說。」

夏冬青沉默了一會兒，輕輕撥開沐荻伶撫在自己額前的手掌。

「真難得看到妳關心人的一面，沐荻伶。」

「沒什麼，只是……」沐荻伶收回手，話語中透出一絲寂寥。「自從那件事情之後，我就對這方面的事情比較敏感。」

夏冬青不發一語地別過眼神。他自然知道沐荻伶指的是什麼，自從經歷姐姐輕生的事件後，名為「懊悔」的陰影就一直籠罩著她，久久不散。

——如果那時候能夠更關心她一點。

——如果那時候能夠注意到她身上細微的變化。

越是在夜深人靜時思考這些假設，自責的情緒越是會如潮水般湧上，將沐荻伶徹底吞沒。

正因如此，她才會異常關注夏冬青的身體狀況，以免重蹈沐荻悠事件的覆轍。上次的旅行費用丟失事件，沐荻伶也是出於同樣的理由而展開行動。

儘管理解這點，夏冬青卻沒有為此做出任何表示，只是默默垂下眼簾，將目光藏回瀏海下。

「你沒有打算要聽我的話好好休息，對吧？」沐荻伶挑起眉梢，眼看夏冬青遲遲沒有回話，她深深嘆了口氣，從床邊站起身，順手將書包甩上肩膀。

「算了，畢竟我也無權干涉你的決定，只要答應我一件事就好。」

「……什麼事？」

「如果有需要幫忙的地方，就馬上連絡我，不要逞強。」沐荻伶逐字逐句、無比清晰地說道，雙眼毫不閃躲地直視對方，「那些寫滿『人臉符號』的紙條說不定只是某人的惡作劇，如果真是那樣，調查符號本身就會變得毫無意義，你能明白的吧？」

「我明白。」夏冬青抬起臉龐，與沐荻伶四目相接，「不用擔心，我自有分寸。」

沐荻伶沉默數秒，最後還是緩緩點了點頭。

「有什麼狀況就用訊息說一聲，我們先回去了。」

「嗯。」夏冬青抬了抬手，目送沐荻伶推門離去。

直到房門關上、發出「喀砰」的輕響後，他才將目光轉往裝有數十張紙條的餅乾盒上。

——真的只是……某個人的惡作劇而已嗎？

男孩黯淡的雙眼中再度燃起熊熊火光。

第2章

惡魔符號與天使翅膀（二）

『這位同學，你知道最近出現在學校內的「人臉符號」怪談嗎？』隨著鏡頭不斷拉近，一名矮小男學生的臉龐出現在畫面上。

『呃，請問你們是……？』男學生看著幾乎要湊到他鼻尖上的攝影鏡頭，臉色有些惶恐。

『我們是新聞社的社員，正在拍一支「新茗川七大不可思議」的介紹影片，方便讓我們做個採訪嗎？』掌鏡的女社員一邊以開朗的聲音回答，一邊熟練地調整焦距，絲毫不給對方逃跑的機會。

『這個……如果不會花太多時間的話……』

『好——的，能先告訴我們你是幾年級的學生嗎？最近有沒有看過我們新聞社為「人臉符號」做的專題報導呢？』

『我是二年級，「人臉符號」的專題報導……只有稍微看過一點。』面對鏡頭的拍攝，男學生有些靦腆地縮起脖子。儘管是高中二年級的學生，但以青春期少年來說稍嫌文弱的五官，以及修剪整齊的西瓜皮髮型，讓他看起來比實際年齡更小一些。

『不過你們說的那些紙條，我有在操場附近看到過喔，雖然只有一、兩次。』

『真的嗎？』聽到對方也是「人臉符號」的目擊者之一，掌鏡者的聲音一下子高亢了起來，『那麼這位同學，你對這個突然出現的校園怪談有什麼想法？會覺得新奇嗎？會不會想深入探究這個神祕現象？』

『不，那個……總覺得有點可怕。』與新聞社社員亢奮的情緒相比，男學生在談論這個話題時，顯得十分畏縮。

『你們都不覺得奇怪嗎？那些畫了恐怖人臉的紙條簡直就像憑空出現一樣，沒有人知道是誰把紙條丟在那裡，也沒有人知道那些符號到底代表什麼，要我說的話，這簡直就像……典型的恐怖電影開頭？』

『喔喔，恐怖電影的開頭嗎？這個觀點很有趣！』掌鏡的女社員興奮地連連點頭，攝影鏡頭也隨著她的動作微微晃動，『如果這真的是一部恐怖電影，你覺得接下來的劇情會怎麼發展？』

受到新聞社社員的鼓舞，男學生終於鼓起勇氣。他一邊偷瞄攝影機，一邊小聲說道：『說不定，是學校裡的某個人……或者說某些人，為了完成某種儀式，才把畫了符號的紙片到處散播，比如召喚惡魔什麼的。』

『召喚惡魔？』

『是的。舉例來說……像是所羅門的七十二柱魔神。』或許是提到感興趣的話題，男學生的態度明顯熱情許多。

『根據神祕學名著《所羅門的小鑰匙》記載，這些惡魔各自擁有不同的能力，只要掌握正確的儀式方法就能召喚它們，提供召喚者各式各樣的協助或知識。』

無視新聞社社員滿腹疑惑的沉默，男學生連珠炮似地繼續說下去。

『比較著名的幾個魔神，像是曾出現在知名遊戲裡的「巴巴妥斯」、原型是鳳凰的「菲尼克斯」等等，這些魔神有些擁有強大的力量，有些擁有深不可測的智慧。如果把目前為止發生的現象視為召喚儀式的一部分，其實是說得通的。在某些學派的論述中，所謂七十二柱魔神甚至可以算是天使的一種，畢竟……』

『呃，抱歉，你剛剛說什麼小鑰匙？』明顯沒有聽懂的新聞社社員尷尬地把攝影機的位置拉遠了一點，讓男學生能夠以全身入鏡，『不好意思喔，神祕學的部分我們沒什麼研究，能麻煩你從頭再說一次嗎？』

被這麼一提醒，男學生終於意識到自己的失態，原本熱情高漲的模樣瞬間消失，取而代之的是手足無措的慌亂神情。

『抱、抱歉，聽不懂對吧？對不起，我常常一不小心就開始自說自話，請不要在意。那個……再見了！』

『啊，等等！』不顧新聞社社員的挽留，男學生逕自調頭，往樓梯口奔去，不用幾秒，就徹底消失在鏡頭外。

『那麼，以上就是茗川新聞社針對「人臉符號」怪談做的校內專訪，感謝大家的收看。』既然受訪者已經跑掉了，掌鏡的女社員也只好簡短地下結語，整部影片就在這微妙的氣氛中結束。

隨著「重新播放」的按鍵從螢幕中央跳出，尤亞深深嘆了口氣。

「什麼跟什麼啊，七十二柱魔神？別開玩笑了。」

「妳在看什麼？」

「咿呀！」從極近距離傳來的問句，讓尤亞嚇得全身一縮。剛轉過頭，身穿運動服的李靜就映入她的眼簾。

冬日午後的陽光從馬尾女孩身後灑落，盡責地帶來陣陣暖意。放眼望去，能看到數個班級的學生正於操場各處活動，吆喝、擊球的聲音此起彼落。

「小、小靜！不要從背後跟我搭話啦，很危險的！」

「為什麼講的好像妳是什麼身經百戰的武林高手一樣？」李靜傻眼地在尤亞身邊坐下來，探頭望了望依然停留在影片播放畫面的手機螢幕，「新聞社搞出來的新花樣？」

「對啊，他們好像打算新開一個影音頻道的樣子，最近一直丟一些訪問影片上來。」尤亞忍不住又嘆了口氣，心煩地嘟起嘴唇。

「小靜妳考完試了？」

「剛考完。」李靜稍稍偏過視線，往兩人身後望去，見尤亞班上的其他同學正聚集在排球場上，進行體育科目的例行考試。

考試的內容很簡單，只要能在規定的次數內，將排球發過球網、落在界內，就能獲得分數，是連尤亞都能勉強達到及格線的簡單測驗。考試順序是依照座號決定的，所以學號靠前的尤亞和李靜很快就完成了測驗。

兩人並肩坐在稍遠的位置，看著紮起高馬尾的沐荻伶將排球拋向天際……接著猛力扣下。

「喔喔！」排球以犀利的角度落入界內，圍觀的同學們紛紛發出讚嘆。

「妳的心情好像不太好？」李靜一邊拍手，一邊向尤亞挑起眉梢，「怎麼了嗎？」

「都是新聞社的那群人啦，沒事拍什麼訪問影片，搞得現在全校都開始找那些紙條了。」尤亞委屈地用力一搥地面，伸手指向操場中央，「妳看那邊。」

順著她手指的方向望去，能看到三三兩兩的學生，正低著頭在跑道環繞的草皮區內來回走動，似乎在尋找著某樣東西。

「他們該不會……打算用體育課的時間來找那些紙條吧？」李靜皺起眉頭，遠遠觀察著那群人的舉動。

「對啊，八成是看到新聞社的採訪影片後，想趁機出點風頭吧。」尤亞滿臉不爽地咬住牙關，握緊的雙拳不斷顫抖，「一想到珍貴的線索會被那種外行人搶走，我心中的名偵探之魂就在哭泣……它在哭泣啊，小靜！」

「是是是，雖然我完全沒感覺到妳心中有什麼名偵探之魂就是了。」李靜隨口敷衍一句，旋即「嘿咻」地站起身。

「來吧，尤亞，既然不甘心線索被外行人搶走，那就用實際行動來阻止他們吧。」

「咦？那是什麼意思？」

「意思是說，反正我們閒著也是閒著，不如也來找找看這附近有沒有紙條。」李靜語帶笑意地向尤亞伸出手，把她從地上拉起來，「只要早一步找到線索，不就能安撫妳心中的名偵探之魂了嗎？」

「有道理！」尤亞雙眼發亮地跳了起來，大步越過李靜，往操場中央走去。

「就讓本驅魔神探尤亞來會會你們這些小卒吧！在我的眼皮子底下，一張紙條都不會讓你們撿走的！」

「也不用這樣啦……」李靜無奈地嘆了口氣，舉步追上尤亞的背影。

秉持著「絕不能被那些閒雜人等搶先一步」的堅持，尤亞如同搜尋獵物的獵犬般壓低上身，在草皮區四處巡視，時不時還會對其他來找紙條的學生們報以發怒小狗般的低吼，藉此嚇退對方，這讓原本只是想讓尤亞稍微轉換心情的李靜十分困擾。

「那個……我說尤亞。」

「嗯？」才剛把一對各挑染一邊瀏海的雙胞胎女孩趕跑的尤亞聞聲回頭，咧開的嘴角隱隱露出尖銳的犬齒。

「要不要來聊聊天？不然一直到處找也滿無聊的。」想著至少要讓尤亞把那副狗樣收起來，李靜邊冒冷汗邊提議道。

「聊天？聊什麼？」尤亞疑惑地眨眨眼。

「像是……妳前幾天不是有去夏冬青家探望他嗎？他看起來狀況怎麼樣？」

「喔喔，妳說阿青嗎？」或許是聽到感興趣的話題，尤亞一口氣直起身，拍拍沾在手上的草屑和泥土，「不開玩笑，我們到的時候他看起來快死掉了。」

「快死掉了？」怎麼也沒料到會得到這種回答，李靜不禁一愣。

「嗯，要不是他姐姐特地跑去照顧他，阿青可能已經病死在房間裡了。」尤亞點著頭，繪聲繪影地說道，「妳也知道，阿青這個人只要一睡下去，沒有人叫的話基本上是不會醒的，要是在重感冒的時候，直接一覺不醒……」

「不，再怎麼說應該也不至於會死吧。」李靜忍不住小聲吐槽。隔了半秒，才注意到某件事實的她微微蹙起眉心，「等等，妳說夏冬青有姐姐？」

「對啊，想不到吧，那傢伙居然有兄弟姐妹，而且還長得一點都不像。」想起自己當時把夏秋凝誤認為「那種能叫來房間的大姐姐」，尤亞就吐了吐舌頭。

「這麼說起來，夏冬青的確給人一種獨生子的感覺。」李靜以指尖輕點下巴，露出思考的模樣，「沒想到居然有姐姐嗎……」

「小靜也一樣啊，我也從來不知道妳有個哥哥。」

「妳說信哥嗎？」聽到尤亞提起自己的堂哥，李靜不經意地勾起一抹苦笑，「他不太算啦，畢竟我們不是親兄妹。」

「但你們以前應該滿熟的吧？我看你們上次遇到的時候，好像有很多話想說？」尤亞試探性地詢問，用鞋尖踢著操場跑道上翻起的碎石。

「那只是久別重逢後的尷尬啦，我們沒有妳想像中的這麼親密。」

「沒有我想像中的？意思是說多少還是有點親密感囉？」偏偏在此時發揮敏銳直覺的尤亞，立刻雙眼發亮地湊上去，「快說！你們以前是什麼關係？快從實招來！」

「才不要，妳這麼八卦，一定會拿我的事情到處去說。」李靜翻了個大白眼，一把將尤亞的臉龐推開。

「哼，不說的話，我現在就去散播『小靜的初戀是堂哥』這樣的謠言好了。」

「喂，等一下！」李靜連忙拉住扭頭就走的尤亞，語氣瞬間軟化下來，「我說就是了，不要亂傳奇怪的話啦。」

「早點講不就行了嗎？小靜真是的，就愛調皮。」尤亞回頭露出燦爛的笑容，無比溫柔地挽住李靜的手臂，「來，就讓我們一邊散步，一邊探究小靜過去的情史吧。」

「為什麼已經以訴說情史為前提了啊……」

在尤亞大到超乎尋常的手勁引導下，兩人離開排球場，一路穿過操場來到校舍旁，直到這附近，進行體育活動的學生群才總算變得稀疏了些。確認視線範圍內沒有人能聽到她們說話後，李靜才輕輕掙開尤亞的手掌，與她並肩行走在校舍邊緣。

「話先說在前頭，信哥的事情真的沒什麼好聽的喔？跟妳想像的絕對不一樣。」

「沒關係沒關係，畢竟是小靜最敬愛的堂哥嘛，我會懷著感恩的心，把你們的故事聽到最後的。」尤亞展開無比溫暖的笑容，用力拍拍李靜的背，「所以快從實招來吧，小靜。」

「就是因為妳每次都這副嘴臉，我才一直不想說。」李靜沒好氣地白了她一眼，稍微頓了頓才重新開口。

「尤亞，妳還記得我們第一次見面是什麼時候嗎？」

「國中啊，我們同班三年不是？」尤亞擺擺手，一臉「那還用問」的表情。

「大概從我國小四年級的時候開始吧，信哥就從我伯父伯母那邊搬來我家，一直住到我上國中……差不多就是我們認識那時，信哥大學畢業，才又一個人搬出去。」李靜背靠著校舍外牆，以平淡的語氣述說，「因為時間剛好錯開，我才沒有跟妳提過我有堂哥這件事。」

「原來如此……這樣算起來，你們也一起住了快三年欸。」尤亞掰著指頭迅速算了算。

「住是住在一起，但我們很少講話，畢竟年紀相差滿多的。」李靜立刻申明。

「即便如此，小靜仍對堂哥暗暗產生了情愫，初戀的蓓蕾，就這樣在她年幼的心中綻放開來。」尤亞輕按胸口，以戲劇化的口吻訴說道，「直到多年後，兩人意外在校園中重逢，小靜再也按捺不住內心的悸動，直接往堂哥的唇上吻去……」

「吻妳個頭！」李靜啐了一口，舉手就往尤亞的頭上拍下去，讓她整個人「噗咳」地彎下腰。

「就說我們不是那種關係了，很難懂嗎？」

「可是！」尤亞眼角泛淚地抬起頭，臉上滿是不甘心，「小靜妳看那個人的眼神真的怪怪的嘛！有種欲言又止又滿是懷念的感覺。」

「我才沒有欲言又止又滿是懷念。」面對尤亞的指控，李靜不以為然地一哼，「真要說的話，我對信哥比較像是感謝跟敬重，才不是什麼情竇初開。」

「這聽起來就很像那種『別別別誤會了，人家才沒有喜歡哥哥呢！』的傲嬌妹妹會說的話啊！敬重跟感謝什麼的，最後肯定會變成戀愛情愫啦！」尤亞鼓起臉頰，抓住李靜的手臂連連搖動，「小靜，妳千萬不要一時鬼迷心竅，被那個傢伙騙了喔？」

「先讓我把話說完好嗎……」李靜按著額頭，有些受不了地嘆了口氣。

「聽好了尤亞，真要說起來，信哥對我來說更像是『恩人』一樣的存在，所以根本不可能產生什麼戀愛情感啦。」

「恩人？為什麼？他為妳做了什麼事情嗎？」

「這就說來話長了。」面對尤亞鍥而不捨的追問，李靜露出五味雜陳的表情。

「那個……尤亞，妳的口風緊嗎？」

「緊！當然緊了！」眼見有八卦能聽，尤亞毫不猶豫地拍胸脯保證，「我可是人稱『守口如瓶的尤亞』，只要是小靜交待不能外傳的事情，我一定保密到底！就算妳現在說妳懷孕了，我也絕對不會把這件事告訴任何人的！」

手腕。

「懷……！」李靜張了張嘴，臉頰一瞬間泛出紅暈。

「我才沒有懷孕！不要亂講好嗎！」

「倫家紫四打個比方……」臉頰被狠狠拉開的尤亞只能一邊叫痛，一邊拍打李靜的

「總資，小靜妳噗用擔心啦，我不會講粗去的，應該。」

「應該？」李靜一臉不相信地鬆開手，看著雙頰紅腫的尤亞用力對自己豎起拇指。

「沒問題的，關於保守祕密這件事情，我有大概百分之六十的把握喔！」

「這個把握程度還真是微妙地低呢……」李靜忍不住又嘆了口氣，最後還是放棄地搖搖頭，「我剛剛不是提到信哥有在我家住過一段時間嗎？表面上的理由，是因為我伯父伯母要去國外出差一段時間，信哥讀的大學又剛好在我家附近。」

「表面上的理由？」

「嗯，表面上。」李靜點點頭，眼神變得略為黯淡，「等我大一點之後才知道，信哥的爸媽之所以這麼做，是為了躲債。」

「咦？躲債的意思是……他們欠了錢嗎？」

「沒錯，我不知道具體是欠了多少，但應該不是小數目。」說到這邊，李靜下意識地舉目遠眺被鐵皮圍牆環繞的舊校舍工地。

「聽說負責追債的那幫人不會為難小孩，所以才把信哥留在我家。現在想想，這麼

做還真的有夠不負責任的。」

「那這跟妳說的『恩人』有什麼關係啊？」尤亞可沒忘記李靜稍早提到的這個單詞，不等對方繼續說明就焦急地追問。

「問題在於，我家老爹也沒比他兄弟好到哪裡去。」李靜聳聳肩，揚起的唇角透出一抹苦澀，「雖然收留了被強塞過來的信哥，但我家本身也有一堆問題。比如說，我那個愛喝酒鬧事的老爹。」

「小靜的爸爸喜歡喝酒嗎？」尤亞疑惑地眨眨眼，在國中時期曾和李靜父親有過數面之緣的她，完全不覺得對方像是會酒醉鬧事的人。

「現在已經戒了，不過在我小的時候喝得可凶囉，尤其是信哥被送來我家的那段期間。」李靜默默垂下眼簾，「我猜當時他的壓力應該很大吧，畢竟自己的兄弟欠了一屁股債，還得多幫忙照顧一個孩子，會覺得焦躁也是理所當然的。」

隱隱察覺到接下來的話題走向，尤亞也跟著沉默下來。

「這裡，還有這裡，都有被我家老爹喝醉之後弄出來的瘀傷。雖然早就已經消退了，但那時要把這些傷藏起來，可費了我不少工夫。」李靜往自己雙腿、腰臀的位置比了比，儘管現在穿著冬季的運動長褲，但一旦換成裙子或短褲，要將那些部位遮掩起來確實不是件容易的事。

「剛上國中、開始跑田徑的時候，我有一陣子很排斥穿短褲練習的原因就是這個。

後來瘀傷慢慢消失，皮膚也曬黑之後就比較好了。」

「難怪，我國中的時候還想說小靜怎麼一直穿著內搭褲來上課。」尤亞恍然大悟地合起手掌，視線「唰」地聚焦在李靜的下半身，「所以現在已經都好了嗎？那些瘀傷？」

「早就好了，一些比較嚴重的在國一下學期也都消失了……欸，妳幹嘛？」

「我來確認一下是不是都痊癒了，快，小靜，把褲子脫了！」

「等等，尤亞！我們現在在外面……」

「聽話，讓我看看！」

兩人拉扯了一陣，最終還是由運動細胞較好的李靜獲得勝利。她氣喘吁吁地架住不停掙扎的尤亞，才勉強阻止她不斷把手伸向自己褲頭的動作。

「總之，信哥住在我家的那段時間，老爹的脾氣一直不怎麼穩定。不只我，連我媽都常常受傷，尤其是在他喝醉的時候。」李靜以十字鎖喉的架式牢牢固定住尤亞的脖頸，語調平靜地說道。

「讓我猜，最後是妳那個堂哥站出來保護了妳們，對吧？」眼看掙扎無果，尤亞乾脆靠在李靜的懷裡，懶洋洋地瞇起眼睛，「這種老掉牙的故事我聽多了。」

「話是這樣說，但信哥可沒有妳想像中的這麼英雄主義喔。」李靜聳聳肩，勾起一抹淡淡的微笑。

「也許是因為寄人籬下，不好多說什麼吧。信哥一開始什麼也沒有做，就算我跟我媽滿身是傷，他也像是沒看到一樣，每天照常出門上課，晚上到半夜才回家。」

「咦？他難道沒有試著阻止妳爸嗎？」

「有是有，但等信哥終於介入的時候，我都已經快上國中了。」李靜難掩苦悶地笑了笑，「我記得那天老爹喝得比平常還多，之前明明都會注意不要在顯眼的地方留下傷痕，那次卻毫不猶豫地拿皮帶往我臉上抽過來……」

「臉？用皮帶？」尤亞不禁睜大雙眼。光用聽的，她就能感受到皮帶揮舞著往臉上抽來的壓迫感。

「嗯，臉，用皮帶。」李靜點點頭，心有餘悸地撫上自己的脖頸，「還好我有閃，只被打到脖子，但事後想想真的很驚險，要是再偏個幾公分，打中眼睛或嘴巴的話，恐怕就不只是一條傷痕這麼簡單了……啊，當然那時候的傷也早就好了，不用擔心。」

出言安撫好滿臉焦急的尤亞後，李靜默默垂下眼簾。

「接下來發生的事，我到現在都還記得很清楚。」

面對跌坐在地的女兒，男人不發一語地舉起皮帶，以惡鬼般的氣勢再次揮落——然而這回卻受到意料之外的阻攔。

「剛好回到家的信哥，徒手從老爹背後抓住了那條皮帶，我只聽到『啪』的一聲，老爹的動作就突然停住了。」李靜輕撫著頸部，低聲說道，「那是我第一次看到信哥露出比老爹還恐怖的表情。」

儘管只是個還沒從學校畢業的大男孩，李信的眼神卻蘊含著深海底部般的陰冷。不論男人如何使勁，他那緊握住皮帶尾端的手掌仍絲毫沒有要鬆開的跡象。

「咦？徒手抓住嗎？好帥！」

「妳要是也在現場的話，就不會這麼覺得了。那時候的老爹跟信哥，看起來就像隨時會拿刀出來互捅一樣。」面對尤亞單純的反應，李靜露出苦笑。

「我原本想趁機逃跑，但被嚇得腳都軟了，所以……」

「那後來呢？妳爸跟那個信哥有沒有打起來？他是為了保護妳才這麼做的對不對？」尤亞雙眼放光地湊上前，卻被李靜再度推開。

「後來信哥開口說了一段話，我家老爹聽完之後，就默默收手了。」

「欸？他光用講的就說服小靜的爸爸改過自新了嗎？這麼厲害？」

「與其說是說服……」李靜猶豫了一會兒，才有些為難地聳聳肩，「應該比較像是威脅？」

「威、威脅？」聽到意料之外的單詞，尤亞不禁一愣。

「嗯，我還記得信哥當時是這麼說的……」

——適可而止吧。

——就算把自己的失敗發洩在她們身上，現況也不會有任何改變。

——你讓我想起我爸，你們兄弟倆簡直一模一樣。

——真噁心，噁心到讓人想吐。

——再繼續這樣下去，叔叔，我說不定會殺了你。

「信哥那時候的眼神，我到現在都還能想得起來。」李靜下意識地抱緊手臂，抵抗從背脊攀上來的寒意。

「當他說出『殺了你』的時候，就連我家老爹都不敢吭一聲，因為他的表情看起來完全不像是在開玩笑。」

「嗚啊，妳家的人怎麼每個都這麼可怕……」

「不過從那之後開始，老爹就幾乎沒有再對我和我媽動手了，最近也慢慢開始戒酒、調養身體，算是有變得比較穩定吧。」李靜抬起頭，原先鬱積在她臉上的陰霾一掃而空。

「而我跟信哥也因為那件事，變得稍微熟了一點……唉，雖然講起話來還是滿尷尬的啦。」

「你們因為那件事情而變熟？為什麼？他可是威脅說要殺了妳爸耶？」尤亞不解地歪頭，「小靜不會覺得『啊，這個人好可怕』之類的嗎？」

「一開始當然覺得可怕，尤其是我家老爹自己跑掉，留我跟信哥兩個人在客廳的時候，我整個人怕到站都站不起來。」回憶起自己當年的糗態，李靜淡淡地勾起嘴角。

「然後我就問信哥，他為什麼要這麼做，明明之前都選擇袖手旁觀，為什麼偏偏在今天插手救我。」

「那他怎麼回答？」

「信哥說……」

——反正我已經沒什麼好失去的了。

當時頭髮還沒徹底留長的李信語氣相當平淡，沒有因為表妹突如其來的提問而展露情緒。

——而且我也沒有打算要救妳，單純是看不慣那種人的做法而已。

「後來我才知道，信哥的爸媽好像在他大學快畢業的時候，寫信跟他說他們短期內不打算回國了，讓他自己看著辦。」

「等等，不回國了？那不就等於……」

「嗯，意思是要放信哥自生自滅了。」

李靜緊抿嘴唇，視線靜靜垂落。

「或許是因為這樣，信哥才會忍不住插手阻止我家老爹的吧。」

厭惡與自己父親散發出同樣氣息的叔叔，而決心對被施暴的表妹伸出援手——儘管李信沒有明說，卻也不難猜出他當下的心境。

「後來為了還學貸，信哥一畢業就開始工作，當然也因為這樣必須搬出去住。臨走前他跟我說，如果我家老爹還是死性不改，可以打電話給他，至於打了之後會發生什麼事……我沒試過，所以也不知道。」想起堂哥當時回眸露出的、如惡鬼般深沉的眼神，李靜不禁流下一滴冷汗。

「那之後老爹就慢慢安分下來了。信哥搬出去後我也幾乎沒有再聽說過他的消息，只知道他在工程公司工作，過得好像還不錯。大概就是這樣。」

「就這樣？」尤亞皺起眉，露出大失所望的表情，「沒有更酸甜、更像是初戀情史的發展嗎？」

「就說不是妳想像的那樣了。」李靜有些受不了地嘆了口氣，「等我稍微懂事之後才知道，信哥當年的處境是真的很艱難。能從那樣的環境撐過來，還成功回歸穩定的生活，真的非常了不起。」

「不只如此，那個看起來凶神惡煞的堂哥，居然還對無助的自己伸出援手，這讓小靜年幼的心靈獲得前所未有的溫暖，也為兩人多年後的重逢埋下伏筆。」尤亞不放棄地再次開始天花亂墜，「這也是小靜與堂哥意外相遇時，表現得如此在意對方的原因。」

「唉，多多少少吧。」出乎意料的，李靜沒有矢口反駁尤亞胡亂下的結論，反而露出五味雜陳的苦笑，「畢竟信哥也算是我的恩人啊，會在意他現在過得好不好，不也是挺正常的嗎？」

「看來妳打算堅持『恩人論』到最後呢，小靜。」尤亞從鼻尖發出一聲冷哼，接著猛然攬住李靜的肩膀，「既然如此，我們現在就去對那個信哥表達妳的感謝吧！」

「現、現在?!」

「沒錯。妳看，他剛好從舊校舍那邊走出來了，Best chance！」尤亞遙遙指向舊校舍工地，身穿工作服的李信正帶著幾名工人從鐵皮圍牆後走出，快步往操場的方向移動。

「不要！會給人添麻煩的吧！」李靜連連搖頭，毫無保留地表達抗拒之意。

「那就等放學後，我們一起來操場堵他！」

「就說不要了……啊、對了，紙條！我們原本不是來找那些人臉紙條的嗎？不如就先把信哥的事擺到一邊……」

「哼哼，事到如今還想用這件事搪塞過去，小靜妳未免也太天真了吧，給我乖乖聽話！」

「不要！」

正當兩人緊抓著對方的肩膀再度比拚起力氣的時候，一道黑影從上方落下，重重地摔在她們面前，發出「匡啷」的碎裂聲響。

「哇啊啊！天要塌下來了！」

「妳是某個童話故事裡的小母雞嗎……」有別於嚇得抱頭蹲下的尤亞，李靜很快地恢復冷靜。她凝目往腳下看去，才發現摔在地上的是一個種有爬藤植物的花盆。

在墜落的衝擊力作用下，花盆本體已經摔得四分五裂，裡頭的泥土、植物也隨之四散，畫面可謂相當慘烈。幸好花盆摔落的位置，距離尤亞和李靜所在的地方有一公尺之差，否則遭殃的，恐怕就不只有那株可憐的爬藤植物了。

「是從哪裡掉下來的……？」李靜滿腹疑惑地抬起頭，才發現三樓的外走廊上，有個人影正從欄杆處探出頭來。

與她一瞬間四目相對的，是一名表情略顯恍惚的男學生。他以雙手扶著欄杆，將身體的重量託付其上，原先整齊擺放在欄杆旁的成排盆景缺了一塊，讓男孩的臉龐正好露了出來。那個花盆似乎就是因為他冒失扶住欄杆的動作，才在劇烈搖晃中跌落的。

「喂，小心一點啊，剛才那個花盆差點就砸到我們了！」李靜在嘴邊圈起手掌，朝三樓外走廊喊道。

「好輕……好晃……」男學生喘著粗氣，凝視下方的雙眼連連眨動，未成形的句子在他嘴邊吞吐不定。

「你說什麼？」李靜抬起眉毛，往校舍的方向靠近一步。

「欸？他不就是被新聞社採訪的那個男生嗎？」尤亞睜大雙眼，一下子就認出稍早之前在手機螢幕上看到過的男學生。

以青春期的少年來說稍嫌文弱的五官，配上略短的西瓜皮髮型，此人正是在受訪期間提出「惡魔儀式論」的二年級男生，剛剛才看過影片的尤亞自然不可能忘記這張臉。

「學長？你在那裡做什麼？」尤亞也跟著圈起手掌，朝三樓大聲吆喝。

然而男孩沒有對她們的呼喚做出反應，只是神情恍惚地靠在欄杆邊，望著冬陽喃喃自語：「好亮的光……我必須……去到那裡……」

「什麼？你說你要去哪裡？」尤亞一頭霧水地大喊，看著男孩大大張開雙臂，做出宛如振翅般的姿勢。

「他在幹嘛啊？」嗅到一絲異樣的李靜緊皺眉頭，警戒地觀察上方的動靜。

「身體很輕……很輕……現在的話……一定可以……」男孩使勁墊起腳尖，迎著寒風，展開滿足的笑容，「不是惡魔……而是天使……」

「學長？你還好嗎？是不是哪裡不舒服？」看著身軀開始不由自主地前後搖晃的男孩，尤亞不禁擔心地喊道，「需要幫你找老師來嗎？」

「別擔心。」男孩的語調一下子穩定下來，他定睛注視著高掛在天邊的太陽，眼神卻無比渙散。

「因為我有翅膀了。」

在兩人的注目下，男孩連續後退兩步，整個人消失在欄杆後方。

「你說什……」

「尤亞，退後！」

晚了李靜一大拍，尤亞才意識到這個動作代表的意義。

——他在助跑。

下一秒，大大張開雙臂的男學生，就從三樓外走廊一躍而下。

經過宛如一萬年之久的滯空後，沉悶的撞擊聲響徹校園。前一刻還帶著恍惚笑容的男學生，就這麼以詭異的姿勢摔在距離兩人數步之遙的水泥地上。

一動也不動。

恐怖的死寂如潮水般蔓延開來，讓尤亞和李靜身處的校舍邊緣像是沉入深海般，徹底被寂靜吞沒。

「喂！喂！你還好嗎？」最先回過神來的李靜急忙上前確認對方的狀況，卻沒能得到任何回應。

「開玩笑的吧……？」尤亞愣愣地張大嘴巴，大片寒意爬上背脊，讓她不由得全身一顫。

曾親身參與多次動物救援行動的她，清楚知道男學生那歪七扭八的肢體，傷勢絕對不能用「還好」來形容。肯定有哪裡的骨頭摔斷了，嚴重的話，斷裂的骨頭還可能傷到臟器，如果再加上從高處摔落伴隨的腦震盪、挫傷……

「小、小靜！救護車！」

「在叫了！」李靜火速掏出手機，於此同時，這場位於校舍邊緣的騷亂也很快引來操場上多數師生的注意。不用多久，稀稀落落的人群就圍攏過來，向倒在地上的男學生投以好奇的視線，接著是此起彼落的驚叫與抽氣聲。

幾名意識到狀況不對勁的教師連忙開始維持秩序，避免圍觀的學生像滾雪球般越來越多，然而成效相當有限。情急之下，一名年輕的女老師蹲下身，想將不省人事的男學生從地上扶起。

下個瞬間，一道聲音從旁響起，及時阻止了她的動作。

「別動他！」身穿工作服的李信排開人群，沉著地在倒地的男學生身旁蹲下。他迅速探了探男學生的鼻息，接著斜眼望向呆站在一旁的尤亞和李靜。

「他是從樓上摔下來的？」

「呃，對。」李靜趕緊出聲回應。

「幾樓？」

「好像是……三樓？」李靜不怎麼確定地看向尤亞，後者連忙點頭。

「叫救護車了嗎？」李信脫下身上的工作背心，將之蓋在男學生身上，暫時掩住他那怵目驚心的姿態。

「已、已經叫了。」

「那就好。」

「那個……」尤亞結結巴巴地打斷李家兄妹的對話，有些害怕地指了指倒在地上的男學生，「他……那個……」

「還活著。」李信言簡意賅地表示，揮手示意其他教師去把圍觀的學生驅散，「但應該是腦震盪了，說不定還有內出血，最好馬上送到醫院。」

「那現在……該怎麼辦？」在李信沉著的態度影響下，尤亞好不容易才恢復冷靜。原先壓在喉頭、讓人幾乎喘不過氣的寒意也緩緩消散，讓她終於能好好發出聲音。

李信抬起頭，瞥了緊靠在一起的尤亞和李靜一眼，最後朝校舍的方向比了比。

「妳跟她，去保健室把值班的護士叫過來。」

「好！」接收到指示的尤亞立刻轉身往保健室跑去，李靜猶豫了一會兒，滿臉擔心地回頭看看李信，才邁開腳步跟上。

等到周遭的學生都散得差不多了，李信才探手往男同學的褲子口袋掏了掏，從裡頭拉出手機、錢包以及一張薄薄的紙片。

李信悄悄瞇起眼睛，仔細翻看紙片的正反面。紙片上頭印著一個簡潔的羽翼圖樣，表面則布滿整齊的摺痕，似乎是用來包裝某種物品的包裝紙。

「那是什麼？」

沒等李信檢查完，一道清冷的聲音就橫插進來，將他的思緒打斷。

男人回過頭，正好和佇立在身後的沐荻伶對上視線。

「那是從他身上找出來的？」沐荻伶低聲問道，剛剛趁隙繞過眾教師封鎖線的她，此刻正敏銳地緊盯李信手上的紙片。

「妳是學生？」李信皺起眉頭，打量了沐荻伶身上的制服兩眼，「這邊不是妳該來的地方，趕快回去上課。」

「這麼說的話，你也是吧？」沐荻伶揹著雙手，唇角彎出一道優美的弧度，「我可不記得搜查現場也算在工人的職責範圍內。」

李信眼神一滯，似乎沒有料到自己會被區區一介女高中生反將一軍，他沉默半晌後，才放棄地嘆了口氣。

「我只是想試試看能不能用他的手機連絡家長，至於這個……」男人說著，拿起手中的紙片晃了晃，「的確是從他身上找到的，應該是個人物品。」

「我能看看嗎？」沐荻伶向前一步，不客氣地端詳紙片上的羽翼圖樣，卻被李信迅速舉手阻止。

「如果妳不認識這個男生，就別過來探頭探腦的，這不是學生該管的事情。」李信沉聲喝道，表情無比嚴肅，「我會在這邊等到學校護士過來為止，妳也趕快回去上課。」

沐荻伶抿了抿唇，原本還想多說兩句，卻被李信那「別想再用那種小花招要我第二次」的眼神堵了回去。

「我明白了。」沐荻伶從容不迫地笑了笑，足跟一轉，便往操場走去，正巧與趕來驅離學生的教師們擦身而過。

一走到校舍邊緣的無人處，沐荻伶臉上的笑容就倏地消失。她眼神銳利地掃過三樓外走廊，接著是眾教師圍攏的事發現場，以及躺著碎裂花盆的水泥地。

——是跳樓自殺嗎？

對這類事件特別敏感的沐荻伶搖搖頭，很快地排除了這個可能性。

如果真的想尋死，三樓的高度未免太不上不下了，茗川高中的校舍最高樓層可不只三樓，真要跳的話大可去別的地方跳。

——那就是意外了？

沐荻伶目光一凝，沒有妄下定論。

她從口袋掏出手機，在瀏覽器的搜尋欄位鍵入「翅膀」「包裝紙」「自殺」等關鍵字。經過幾次搜尋，螢幕上跳出的幾個新聞網頁令她眉心微蹙。

「果然是這個嗎……？」略帶警覺的話語，從女孩的唇邊滾落。

所有搜尋結果，都不約而同地包含幾個醒目的字樣——「天使之翼」。

遠處隱隱傳來的救護車鳴笛聲混入操場嘈雜的人聲中，替看似平靜的校園注入一絲不安。

◆

「好累喔……」尤亞癟著嘴，無精打采地走出教師辦公室。

「沒辦法，我們畢竟是唯一的目擊者，會被約談也挺正常的。」跟在她身後、悄悄掩上辦公室大門的李靜跟著嘆了口氣，「只是沒想到居然還有警察在，害我應答的時候超緊張的。」

「真的，我剛開門看到裡面站了兩個警察的時候，還一瞬間思考了一下自己最近有沒有做過什麼虧心事。」尤亞像是疲憊的小狗般吐了吐舌頭，身體不禁有些發冷，「現在想起來還是覺得好可怕，那個男生居然就這樣從三樓跳下來……不知道他有沒有怎樣？」

「就我所知，他目前住在加護病房，雖然沒有生命危險，但也還沒恢復意識就是了。」

「小伶！」

「嗨。」斜倚在牆上的沐荻伶直起身，向尤亞和李靜展開微笑，「我聽說妳們兩個因為當時身在事發現場，放學後被學務主任叫去問話，所以就在這裡等妳們。」

正如她所說，現在已經是夕陽西下的放學時間。經過數十分鐘的閉門約談，茗川高中已經被暮色和寂靜所籠罩，除了操場上有寥寥幾個體育社團還在活動外，整座校園像是睡著了一樣，幾乎沒有半點聲息。

「小伶，好可怕喔嗚嗚嗚嗚……」一見到沐荻伶，尤亞就不客氣地撲到她懷裡，一把鼻涕一把眼淚地拚命撒嬌。

「妳聽我說，人家跟小靜在操場旁邊散步的時候，樓上突然有個花盆掉下來，差點就砸到我們了。那個男生接著就從三樓探出頭來，對我們講一些天使啊惡魔啊的怪話，然後就……然後就……」

「就跳下來了？」沐荻伶一邊安撫渾身發抖的尤亞，一邊冷靜地問道，「妳還記得他那時候說了什麼嗎？」

「我還記得一點。」李靜稍稍舉起手，剛剛才被盤問過一遍的她，對當時的情景還記憶猶新。

「那個男生好像說了身體很輕、有什麼東西很亮，不用擔心他，因為他有翅膀之類的？」

「很輕、很亮？」沐荻伶琢磨著這番話，過了一會兒才抬起臉龐，「那尤亞剛才提到的天使跟惡魔又是怎麼回事？」

「印象中，那個男生好像說……呃，『不是惡魔，是天使』？」李靜歪著腦袋，不太確定地答道，「那時候太混亂了，很難聽清楚他到底說了什麼。」

「啊，對了。」把臉龐埋在沐荻伶胸口的尤亞，像是想起什麼般地仰起頭，「我有在新聞社的『人臉符號』專訪影片裡看過那個男生，他好像認為那些畫了『人臉符號』的紙條，跟某種召喚惡魔的儀式有關。」

「召喚惡魔的儀式？」沐荻伶皺起眉頭。

「吶，小伶，那個男生會不會是被某個人召喚出來的惡魔附身了，才突然發瘋去跳樓啊？」尤亞眼角含淚地連連搖動沐荻伶的手臂，似乎真的被今天下午的事件嚇壞了。

「不，我想應該不是。」沐荻伶很快地搖頭，否決尤亞這個明顯大受新聞社影響的想法。

「要說有什麼依據的話……妳們還記得前陣子朝會時做的反毒宣導嗎？」

「反毒宣導？」明顯已經全部忘光光的尤亞一臉呆樣地反問。

「啊！我想起來了！」李靜一拍額頭，露出恍然大悟的神情，「我記得主任提過有一種新型的毒品在各大校園裡流傳，名字叫做……『天使的翅膀』？」

「很接近，正確的名稱是『天使之翼』。」沐荻伶笑著糾正，「那是一種混合多種藥物的迷幻劑，據說會讓人產生『能飛翔』的錯覺。我之前看到新聞的時候有稍微研究過，雖說當下也沒有馬上聯想到就是了。」

一想起自己沒能在看到紙片的當下立刻反應過來，沐荻伶就有些懊悔。

「我猜妳們遇到的那個男生應該是吸了『天使之翼』，產生長出翅膀的幻覺，才從那麼高的地方跳下來的。」

「原來如此，難怪主任跟我們約談的時候會有警察在旁邊。」李靜撫著嘴唇，露出深思的表情。

「可是……那個二年級的學長，看起來不像是會吸毒的樣子啊？」尤亞回想著男孩在影片中略顯羞赧的姿態，難以置信地嘟起嘴唇，「而且他是從哪裡拿到毒品的啊？」

「這就是警方介入調查的原因。」沐荻伶拿出手機，將之前搜尋到的網路新聞秀在螢幕上，斗大的新聞標題下方放著一名方臉男子的照片。據文章內容所述，該男子透過平時經營的社群論壇接觸許多國、高中生，藉此販售名為「天使之翼」的新型毒品。

「警方推測嫌犯之所以鎖定消費能力有限的學生為客群，就是為了試驗毒品的藥性。簡單來說，他在進行一場大型的人體實驗。」沐荻伶緩緩放下手機，雙眼透出一絲陰沉，「前陣子那些疑似自殺的學生，多半就是因為藥物的副作用才會去跳樓的。」

「因為產生『能飛翔』的錯覺嗎？」尤亞喃喃自語一句，旋即抬頭質疑，「可是，既然已經知道是誰做的了，為什麼警察不趕快把那個人抓起來啊？」

「大概是因為證據不足吧。」沐荻伶淡然答道。

「據說警方沒有在嫌犯家裡搜到任何『天使之翼』，也沒有找到可能藏匿毒品的地方，這麼一來，就算想抓人也沒辦法，最多就是羈押幾天而已。對方很謹慎，除了一些稍嫌可疑的對話記錄以外沒有留下直接證據，想起訴那個人，還是得找到剩下的毒品才行。」

「但他既然能穩定供貨，就代表一定在某處存放了大量的『天使之翼』才對吧？」李靜謹慎地思考著，眼中盈滿藏不住的困惑，「這樣警察都還找不到半點線索嗎？會不會太扯了？」

「以局外人的角度來看，當然會覺得『這怎麼可能』，但實際的搜查作業進行起來肯定沒有我們想像中的容易。」沐荻伶搖搖頭，有條不紊地分析，「光是要申請相關許可、調動人員就要花費不少時間了。調查進行到現在，警方應該也搜索過不少地方，才會得出『證據不足』的結論。」

「呿，不管哪個推理故事都一樣，警察永遠是最沒用的角色。」尤亞沒好氣地啐了一口，轉頭望向走廊外幽暗的校園。

三人所在的教師辦公室，恰巧和發生跳樓事件的外走廊都同樣位於三樓，越過欄杆往下望去，甚至能清楚看到一樓石磚的紋理。但也因為如此，這個高度反而比四樓、五樓或其他樓層，更能激起人類對於高處的恐懼心理。

光是靠在欄杆上、把身子往外探出些許，尤亞的背脊就已經開始發涼了，更別提要鼓起勇氣縱身一躍。

正因如此，她才更無法想像那個服用「天使之翼」後、從外走廊跳下的男學生當下是什麼心情。是恐懼嗎？還是不知所措？還是說……即使到了身體完全懸空的瞬間，迷幻劑的效力仍持續作用，讓他真正體會到了「飛翔」的感覺？

「……尤亞？尤亞？」

「尤亞，妳還好嗎？」

尤亞用力眨眨眼，這才回過神來，只見李靜和沐荻伶一臉擔心地看著自己，站得離她比較近的李靜甚至已經伸出手，以便隨時能拉住她的衣角。

慢了好幾拍，尤亞才發現自己正處於上半身探出欄杆外、腳尖微微踮起的狀態。只要稍微失去平衡，說不定就會整個人摔下樓，難怪李靜和沐荻伶會出聲提醒。

「啊，抱歉，我只是有點累了。」尤亞趕緊離開欄杆，笑著吐了吐舌頭，「今天發生了好多事，腦袋一下子消化不來……」

「其實我也是，感覺比練完田徑的時候還累。」李靜看了看手機，眉心微微蹙起，「時間有點晚了，我陪妳走回去吧。」

「嗚嗚，小靜好貼心，妳真是我的天使～」尤亞一把勾住李靜的脖子，拚命往她臉上磨蹭，「那小伶呢？也要跟我們一起走嗎？」

「不，我待會還有事。」沐荻伶搖搖頭，勾起一抹淺笑。

「我原本只是擔心妳們兩個被牽連，不知道有沒有受傷才來看看的，都沒事就好。」

「老實說，那時候要不是小靜拉著我退開一步，我們兩個說不定都會被那個男生壓到。」尤亞按著胸口，心有餘悸地咬住嘴唇。

沉默了一會兒後，尤亞才重新抬起頭，對沐荻伶展露以往的開朗笑容。

「幸好小靜反應夠快。」

「畢竟是田徑隊的隊員呢。」沐荻伶順勢答道，重新將肩上的書包揹好，「時間也差不多了，我待會要往後門那邊走，妳們呢？」

「我跟尤亞走前門會比較近。」李靜再次瞥了手機上顯示的時間一眼，皺起眉頭。

「那就在這邊說掰掰囉。」沐荻伶舉起手，尤亞和李靜也跟著揮手告別。

「小伶妳回家也要小心喔。」

「嗯，不用擔心我。」沐荻伶說道。直到目送兩名女孩消失在走廊轉角，她才重新拿出手機，點開通訊軟體的頁面。

頁面最上方顯示她最後傳送訊息的連絡人，樸實無華的字體組成名為「夏冬青」的用戶名稱，點按後便跳出兩人的聊天記錄。

距離沐荻伶最後傳出訊息的時間，已經足足過了半天多，夏冬青卻沒有半點回應，甚至連「已讀」的字樣都沒有出現，這讓沐荻伶的眼神陰沉下來。

以鬼一般地速度輸入「我現在過去找你」的簡短訊息，並傳送出去後，沐荻伶拉緊書包背帶，朝後門的方向快步走去。

第3章

惡魔符號與天使翅膀（三）

叮咚——

清澈的門鈴聲，隨著女孩按壓的動作響徹耳際。

叮咚叮咚——

「……」

叮——咚——！

見公寓內部遲遲沒有傳來回應，沐荻伶按門鈴的頻率逐漸從和緩轉為急促，最後更是以近乎擊掌的方式重重拍下，讓可憐的門鈴發出一串悠長且淒厲的哀號。

即便如此，門板後頭仍悄無聲息。

沐荻伶嘆了口氣，直接伸手轉動門把。不出她所料，小公寓的房門並沒有鎖，只是輕輕一推，看似嚴密鎖上的門板就大大敞開，露出後方陰暗的室內空間。

「果然變成這樣了嗎？」沐荻伶臉色一沉，一口氣把門板推到最開，讓走廊的日光燈得以照入房內。

即便已夜幕低垂，整個房間卻只開著一盞床頭燈，昏黃的燈光勉強照亮側坐在床沿的夏冬青的側臉，在他的臉龐投下半片陰影。身上僅披著一條薄被的夏冬青身邊散落著無數紙張，每張紙上都寫滿密密麻麻的文字，明顯是他為了破解人臉符號而留下的筆記。

沐荻伶突然其來的造訪並沒有打斷夏冬青的沉思，即使到了房門被正面突破的此刻，他仍頂著因高燒而發紅的臉色，凝神閱讀夾在指尖的數張紙條。

「打擾了。」沐荻伶姑且打了個招呼，便把房門順手關上。

把皮鞋脫下、整齊擺在門口後，她小心翼翼地穿過散落滿地紙張的地板，來到夏冬青身邊。

「雖然我很想說適可而止，但你應該不會聽我的，對吧？」沐荻伶淡淡說道，隨手拾起地上的一張筆記紙，紙張上頭滿是夏冬青潦草的筆跡，看來他正透過多次抄寫、比對，來嘗試破解人臉符號。然而從大量劃掉的試寫字句來看，以這種方式解讀人臉符號的結果似乎不盡人意。

「你姐姐……這幾天沒有過來嗎？」沐荻伶將目光從紙上抬起，想起數天前曾見過一面的夏秋凝，如果她在的話，理應不會讓夏冬青拖著病體進行廢寢忘食的解碼。會演變成這種情況，多半是夏秋凝這幾天沒有來訪的關係。

「……她也有自己的事情要忙。」直到此刻，夏冬青才以略顯沙啞的聲音開口。

他默默轉動視線，讓雙眼能好好聚焦在沐荻伶身上。

「妳怎麼會來？」

灼熱的氣息隨著字句，從夏冬青的嘴角散出，光看臉色就能知道他的感冒完全沒有好轉，說不定還更嚴重了些。

「因為你沒回我訊息。」沐荻伶拿出手機晃了晃，通訊軟體的聊天室裡滿是發送後尚未被讀的訊息，「還是你覺得我應該等網路上出現『獨居男高中生猝死於家中』的新聞，再來確認會比較好？」

「……就說了，不用擔心我。」夏冬青別過臉龐，沒有理會沐荻伶那暗藏諷刺的問句。

「嗯，就知道你會這麼說。」沐荻伶「啪」地握緊手機，雙眼微微瞇起，「那我問你一個問題，你要是答得出來，我就馬上回去。」

或許是認為區區一個問題算不了什麼，夏冬青乾脆地點了點頭。

沐荻伶的雙唇輕啟，一字一句、咬字清晰地問：「夏冬青，你上次吃飯是什麼時候？」

「……」

「請回答。」

夏冬青露骨地別開眼神，頭一次展現出對問題毫無頭緒的模樣。

「夏冬青？」

「……等等。」夏冬青豎起手掌，示意沐荻伶先別急著追問，「在那之前，先回答我的問題。」

「什麼問題？」沐荻伶眼神一凝，回問的同時，心裡也迅速做好準備，以防自己被話術輕易敷衍過去。

夏冬青稍微頓了頓，任由垂落的瀏海遮擋住半邊臉龐。經過數秒後，才緩緩嘆了口氣。

「今天……是星期幾？」

◆

「按照一般輕小說的套路，這時候我應該要親自下廚煮點粥，順便弄個冰毛巾之類的讓你退燒……」沐荻伶把便利商店的塑膠袋放到床頭櫃上，語帶保留地表示。

「但這裡根本沒廚房可用，甚至連冰箱都沒有，所以只能將就一點了。」

剛剛她出門一趟，去附近的便利商店買了點冰塊、飲料和即食食品，勉強充當熱粥和冰毛巾的替代品。雖然精緻度差上不少，但事出突然，相信夏冬青也沒什麼好抱怨的。

「你自己能吃吧？還是需要我餵你？」沐荻伶一邊撕開盒裝飯菜的塑膠膜，一邊問道。

「我自己能吃。」夏冬青伸手接過湯匙，另一隻手則穩穩捧住女孩遞過來的塑膠餐盒。

確認夏冬青乖乖開始用餐後，沐荻伶便彎下腰收拾散落一地的筆記紙。

花了比預期還久的時間，她才總算把一片凌亂的房間整理妥當。滿是潦草筆跡的紙張整齊地堆成一疊，與裝有人臉符號紙條的資料夾並排放在床頭櫃上，亂丟在床角的枕頭也好好物歸原位。一些空寶特瓶、零食包裝紙則分裝到垃圾袋裡，綁好袋口之後暫時擱在房間角落。

忙完上述雜事，沐荻伶到浴室把雙手洗乾淨，順便用新的塑膠袋裝滿冰塊，再以毛巾包好當作應急用的冰枕。

等她走出浴室，夏冬青也剛好把全空的餐盒放下，兩人不約而同地四目相對。

「那個給我，你去躺著。」沐荻伶伸出手，不由分說地拿走男孩捧著的塑膠餐盒，她把包著冰塊的毛巾塞到夏冬青手中，自己則轉身來到房間角落。

將餐盒也扔到垃圾袋裡、重新綁好袋口後，沐荻伶回到床邊，替仰躺下來的夏冬青蓋好棉被。

「沒想到你意外地配合。」沐荻伶將長髮攏向一側，以指尖調整冰敷袋的位置，讓它能確實覆蓋住夏冬青的額際，「我還以為你肯定會說些『不用管我』『這又死不了人』之類的傻話。」

「……說了感覺會更麻煩，所以算了。」夏冬青閉上雙眼，以嘆息般的語氣答道。

現在的他可沒有餘力跟沐荻伶鬥智鬥勇，還不如老老實實地躺下來休息。

「這個回答還真有你的風格。」沐荻伶勾起一抹淺笑，悄悄落坐在床沿。

她凝目注視著床頭燈的亮光好一會兒，才開口打破沉默。

「結果如何？」

「……？」這個突然其來的問句，讓夏冬青睜開眼，向沐荻伶投以疑問的視線。

「『人臉符號』的調查結果。」沐荻伶回頭，輕聲說道，「雖然看起來還沒徹底解開，但你都死撐著研究好幾天了，多少有點頭緒了吧？」

「如果我說沒有頭緒的話，妳會信嗎？」

「不會。」

「我想也是。」夏冬青半閉著眼，熟悉的睡意再度爬上他的臉龐。

「從頭解釋起來很麻煩……總之，我目前有把握的只有『不可能』的那部分，和正確解答之間應該還有段不小的距離。」

「意思是說，你已經透過試錯刪掉不少可能性了，對吧？」沐荻伶望向床頭櫃上堆積如山的筆記紙，敏銳地察覺到夏冬青話語中的涵義。

「嗯，不過解碼這種東西和考試的選擇題不一樣，並不是把某些選項刪除後，答案就會自己出現。」夏冬青疲倦地閉上雙眼，喃喃說道，「要用土法煉鋼的方式，把接近無限種的可能性全部試一遍，這麼做實在太沒效率了，而且也不保證這麼做就一定能成功。」

「那你目前試過哪些方法？」

「……妳看過《福爾摩斯探案》系列的推理小說嗎？」

「看過翻譯版。」

「那妳應該知道〈跳舞小人探案〉這個篇章吧？」

「跳舞小人……？」沐荻伶稍加思索後，輕輕點了點頭，「原來如此，我聽懂你的意思了。」

兩人言談間提及的推理小說《福爾摩斯探案》系列，便是由大名鼎鼎的柯南．道爾所寫，並開創推理小說黃金時期的經典名著，而〈跳舞小人探案〉正是其中一篇知名篇章。

該章節講述一名接連在家中發現奇怪圖形暗號的男子，因為好奇其中代表的意義，而找上大偵探福爾摩斯協助調查的故事。

案件的最後，福爾摩斯透過「頻率分析法」，破解跳舞小人信件使用的「替換式密碼」，意即出現在信件中的每個跳舞小人圖案，都代表了「某個英文字母」，比如雙手舉高的小人代表「E」，抬起右腳的小人代表「R」等等。

「印象中，福爾摩斯是把訊息中出現最多次的跳舞小人，假定為英語語系使用頻率最高的字母『E』，接著以此類推，才慢慢解開所有信件的密碼。」沐荻伶回憶著曾讀過不下數次的小說內容，緩緩說道，「乍看之下的確跟這次出現在學校的『人臉符號』滿類似的。」

「嗯，我原本也以為犯人會是類似這種案件的模仿犯，但仔細研究過那些紙條之後，才發現這應該不是『替換式密碼』。」夏冬青以夢囈般的氣音低聲說道，「至少我試了四、五種世界通用的語言和拼音法，都沒能找出其中的規律。」

「這樣嗎……」沐荻伶沒有追問是哪幾種語言，而是提出更實際的問題，「對方說不定是使用了雙重加密？比如把替換式密碼跟其他加密手段混著用之類的？」

「我也考慮過這種可能性。所以在替換式加密法之上又試了幾種偏移、逆轉的組合，甚至是二十六乘以二十六的英文字母表格替換法都試過了，但都沒有得出合乎邏輯的結果。」夏冬青又嘆了口氣，首次露出陷入瓶頸的模樣。

「要我猜的話，這些符號的涵義，說不定根本和語言無關。」

這還是沐荻伶第一次從夏冬青口中聽到「猜」這個字，不論是不是發燒帶來的影響，這個並非推理、而是猜測的結論，顯示夏冬青真的陷入了前所未有的困境。

「因為在解碼的部分卡住了，所以你才逞強著繼續研究？就算感冒惡化也不管？」沐荻伶挑起眉毛，話中帶刺地哼了一聲。

「……沒有逞強，只是忘了休息而已。」

「還真敢說啊，病人先生。」面對夏冬青的狡辯，沐荻伶只回了一句，接著靜靜抬起臉龐，凝視頭頂上的日光燈。

房內的寂靜持續了好一會兒，才被女孩平穩的聲線劃破。

「既然如此，就讓我幫忙吧。」

「不用了，沒什麼好幫……」

「抱歉，這不是問句。」沐荻伶回過頭，以加重幾分的口吻再次說道，「讓我幫忙，夏冬青。」

在這句話的催化下，原本已經疲倦到幾乎要入睡的夏冬青，終於緩緩張開雙眼。

「……這麼說可能有點失禮，但關於解碼方面，妳應該很難幫上忙。」

「這我當然知道。」沐荻伶微微向床頭傾身，皓齒輕咬，「不過你還有事情沒說對吧？會猜測『人臉符號和語言無關』的原因，除了剛才說的那些以外，應該還有其他依據才對，否則依你的思考模式來說，是不會輕易往那方面聯想的。」

「……」夏冬青默默別開視線，算是變相肯定了沐荻伶的推論。

「既然如此，就把你到目前為止的發現都告訴我，之後我自然會知道自己幫不幫得上忙。」沐荻伶瞇起眼睛，牢牢盯住夏冬青，絲毫不讓他有逃避的機會。

「我懶得解釋……」

「快說，不然我就在這裡待到你解釋清楚為止。」沐荻伶語帶威脅地拎起剛剛在床頭櫃上找到的房間鑰匙，強調自己確實掌握著主導權。

夏冬青無奈地掩住雙眼，沉默了一下才緩緩開口，「妳隨便拿一張新聞社或巧克力螺旋捲撿到的紙條來看看。」

沐荻伶依言從塑膠資料夾中抽出一張紙條。

「拿了，然後呢？」

「那些紙條上的字句……是用各種表情的『人臉符號』拼湊出來的，對吧？」夏冬青吐著灼熱的氣息，咳嗽一聲才重新接口，「妳找找看，上面應該有一個哭臉符號。」

「哭臉……」沐荻伶再次垂落目光，在夏冬青的提示下，很快就找到那個嘴角下垂、面貌沮喪的人臉。

「這個哭臉符號怎麼了嗎？」

「問題在於……出現的規律。」咳完之後，夏冬青的聲音顯得更氣若游絲，「其他『人臉符號』的出現頻率都還算平均……只有那個哭臉符號例外。」

沐荻伶將分類在資料夾中的紙條一一抽出，果然發現哭臉符號在每張紙上的出現次數極不平均，多的可以達到十次以上，少的甚至不滿三次。

「不管用哪種語言編組句子，都不太可能出現這個情況……單一字母或發音的出現頻率，應該會在大數據中趨近一致才對。」夏冬青言簡意賅地說，「但在這麼多組密碼裡，卻有一個符號的出現頻率和其他符號對不上……這點很不尋常。」

「原來如此，我聽懂你的意思了。」沐荻伶點點頭，仔細翻看手邊的紙條，「依你的個性，應該會把這些哭臉符號出現的次數記錄下來吧？有發現什麼規律嗎？」

「一、二、三、十一、十二。」

「？」沐荻伶疑惑地回頭，望向正在閉目養神的夏冬青。

「……哭臉符號在每張紙條上出現的次數，就是這五個數字不斷交錯循環。」就算沒有睜開眼睛，夏冬青也能透過這段短暫的沉默，猜出沐荻伶並沒有聽懂這串數字代表的意義，「簡單來說，有些紙條的哭臉符號只出現一次，有些紙條卻出現了十一、十二次。」

「數字的循環嗎……」沐荻伶思索幾秒，突然間靈光一閃。

「對方該不會是想利用這五個數字的排列組合，拼湊出某種密碼？」

「那個方向我也想過了。」夏冬青搖搖頭，臉色更顯疲倦，「但如果要用這種方式來傳遞訊息，效率未免太差了……目前同樣日期出現的紙條，無論內容、還是哭臉符號的數量都完全一樣。如果這些紙條真的是用『一、二、三、十一、十二』這五個數字來組合出密碼，等於每次散布紙條，都只能傳遞一個字符，光是要完成一個句子就得花上好幾個禮拜，理論上不太可能。」

「也對，每張紙條出現的日期都不一樣，應該不會有人為了傳遞一條加密訊息就這麼大費周章。」眼看兩人又回到死胡同，沐荻伶不禁有些洩氣。

夏冬青的推理能力她曾親眼目睹過兩次，即便臥病在床，要破解一、兩道難題應該也不在話下。但要是連他都毫無頭緒，沐荻伶自己下場幫忙恐怕也意義不大。

沐荻伶並不笨，之所以在清楚現況的前提下仍選擇盡力一試，是希望夏冬青能不再為此逞強。要是繼續拖著那副病軀還不斷消耗心神，下場恐怕不僅僅是病情加重這麼簡單，萬一在獨居的狀態下突然倒下，後果不堪設想。

——至少得找到足以讓這個男人安分下來的突破口才行。

懷抱如此決心，沐荻伶一遍一遍地檢閱手中的紙張，試圖找出剛才沒有發現的異樣之處。

接下來的十多分鐘，兩人都沒有說話，小小的租屋處內，只剩下翻動紙張的沙沙聲，以及從遠處傳來的汽車行駛噪音。

正當沐荻伶以為夏冬青已經如往常一樣沉入夢鄉的時候，床頭卻響起一聲低喚。

「沐荻伶。」

「怎麼了嗎？」女孩聞聲回頭，正好與睜開眼的夏冬青四目相對。

「巧克力螺旋捲今天……是不是在學校碰上了什麼麻煩？」

「喔？為什麼這麼問？」沐荻伶挑起眉，似乎對夏冬青這突然其來的問題感到有些意外。

「如果是平常的她，知道妳要來找我談紙條的事情，應該會吵著要跟……不，是一定會想盡辦法跟過來。」說到這裡，夏冬青稍微頓了頓，眼神中透出些許無奈，「以妳的作風來說，叫纏人又愛操心的巧克力螺旋捲來逼我聽話，肯定會比自己來要省事得多。之所以沒有這麼做，是因為那傢伙今天碰上了某些麻煩，讓她連『人臉符號』的事情都無暇關心了，對吧？」

「原來在你眼中，我是那種為了逼人就範、不惜利用朋友也要達成目的的心機女嗎？」沐荻伶裝作受傷地縮起肩膀，食指在唇前輕點，「我自認還挺分得清輕重的，除非情況特殊，否則那些不擇手段的方法我是不會用的。」

「這些話由妳來說還真沒有說服力……」夏冬青半睜著眼睛吐槽，「所以呢？巧克力螺旋捲跑去哪了？」

「被你猜對了，她今天因為其他事情被叫去辦公室問話，直到剛剛才能回家。」

「原來如此……」

「所以『尤亞今天在學校碰上了麻煩』是你基於邏輯的推理？還是單純猜測？」沐荻伶偏過頭，頗感興趣地打量著夏冬青。

她知道許多推理小說的名偵探都能透過一些細微的線索，推斷出身邊朋友最近去了哪裡、做了什麼。其中最有名的例子，就是兩人不久前才提到的英國名偵探──「夏洛克．福爾摩斯」了。

在原著小說中，福爾摩斯經常使用他擅長的邏輯演繹，在助手兼好友的華生面前大秀推理能力，例如說出素昧平生之人的生活背景、一語道破對方的意圖等等。這讓熟知以上情節的沐荻伶，不禁有些好奇這個總是睡眼惺忪的男孩，是不是也能辦到類似的事情。

「只是亂猜的而已，不要想太多。」夏冬青虛弱地豎起手掌澄清，「如果猜中了就是運氣好，沒猜中也很正常……別去跟巧克力螺旋捲亂說，免得她之後又纏著我問東問西。」

「哎呀，那還真是可惜。」沐荻伶笑了笑，低頭繼續翻動手中的紙張，過了半晌才突然開口。

「今天下午，有個二年級的學長從三樓走廊跳下來了。」

聽到這句話的夏冬青微微睜開眼睛，稍加思索後長嘆了一口氣。

「……我懂了，巧克力螺旋捲當時也在現場，是嗎？」

「嗯，地點是靠近操場那側的校舍，那時候我們班正好在上體育課……」沐荻伶一邊整理紙條，一邊將跳樓事件的大致經過說了一遍。

她當時人在操場另一頭，沒能目擊男學生跳樓的瞬間，所以這部分只能大略帶過，但關於近期流竄於校園內的毒品「天使之翼」，沐荻伶就多花了些時間解釋。

「剩下的藥品不知去向，所以沒辦法起訴嫌疑人嗎……」安靜聽完說明後，夏冬青陷入深思。

「警局的發言人在接受採訪時是這麼說的，具體情況我也不清楚。」沐荻伶無所謂地聳聳肩，「反正那已經超出我們力能所及的範圍了，就讓那些大人去處理……」

「不，或許正好相反。」夏冬青驀然坐起身，雙眼久違地燃起熊熊火光，「雖然帶點賭博性質……但有個跳躍性的假設值得一試。」

「跳躍性的假設？」沐荻伶不禁一愣，臉色很快冷了下來，「你該不會認為這兩起事件存在著某種關聯吧？」

「只是想到一種可能性而已。」夏冬青撫著下唇，腦袋飛速運轉，「但如果這個猜測是正確的，那些『人臉符號』紙條……可能比我們想像的還要危險。」

「這是什麼意思？」

「意思是，可能得用上比較作弊的手段了。」夏冬青直起背脊，任由被單滑落到腰際。在床頭燈的映照下，男孩的眼神顯得更加銳利了。

「之前為了事先去除多方可能性，我一直只專注在推敲密碼本身，沒有去追查其他線索，但現在狀況不一樣了。」

「其他線索是指什麼？難道除了這些不明所以的符號以外，還有別的東西值得調查嗎？」沐荻伶皺起眉頭，似乎不太明白這段話的意思。

「當然有。」夏冬青伸手抽出一張紙條，將之展開在沐荻伶面前，「『人臉符號』只不過是『紙條的一部分』而已。」

沐荻伶仔細打量了紙條幾眼，才像是搞懂什麼般，悄悄抬起目光。

「你是說……這些紙片本身？」

「嗯，這些紙條並不是手寫的，而是用影印機複印的影本。」夏冬青以指尖輕撫紙條表面的墨跡，低聲說道，「紙條的四個邊都有留下切割痕跡……應該是用剪刀之類的工具隨意剪開的。」

「還有呢？」沐荻伶知道夏冬青還保留最關鍵的部分沒說，忍不住催促。

「另外，這些紙條的磅數和我們常用的A4影印紙不一樣，或許是擔心扔在外頭，紙張容易損壞，對方選了磅數稍高……也就是稍微厚一點的紙。」夏冬青將紙條捏在食指及拇指之間，仔細摩娑了一下，「這種厚度的影印紙，一般的家用影印機不太會使用。換句話說，這批紙條多半是在專業的影印輸出店面印製的。」

「真虧你能注意到那種地方……」沐荻伶跟著捏起一張紙條，用指尖搓了搓，「好像真的厚了一點？」

「最後，妳仔細看一下，每張紙條的『人臉符號』上面都有一些細細的白色線條。」

「白色線條？」沐荻伶將紙片湊到面前，眉心微蹙。

「嗯，那是影印機卡墨的痕跡。如果機器的噴嘴長時間沒有清理，就會在印刷噴墨時留下那種細細的白線，這說明了兩件事。」夏冬青豎起兩根手指，神情嚴肅。

「首先，每張紙條上都有少許卡墨的痕跡，代表對方每次都是在同一間影印店進行複印的。其次，這種卡墨的痕跡比較常見於老式的影印機上，也就是說，這間影印店八成規模不大，而且業務量很少，才會連機器都沒有護理。」

「你想根據這些特點來做地毯式搜查嗎？」沐荻伶有些不敢苟同地皺起眉頭，「會不會太沒效率了點？」

「當然不可能真的把世界上所有的影印店都搜索一遍，如果要縮小範圍的話……只要找找茗川高中附近一公里內，業務量看起來比較少的店家，應該就能找出這些紙條的來源了。畢竟對方每次都去同一間店影印，不太可能大老遠跑到別的地方再折返。」

「茗川高中附近一公里內嗎？」沐荻伶拿出手機，在搜尋引擎上輸入關鍵字，接著切換到地圖功能。

「……符合條件的店家其實不多欸，我們學校附近有提供影印服務的地方只有不到十個，你看。」沐荻伶秀出手機螢幕，上頭顯示著茗川高中的位置，以及數個代表「影印店」的紅色戳記。

夏冬青沉思數秒後，抬眼對上沐荻伶的目光。

「沐荻伶，我需要妳的幫忙。」

「明白了。」沐荻伶像是早就知道他會這麼說一樣，輕按著裙襬站起身，回眸朝男孩展開一抹淺笑，「剛好明天是假日，我就替你跑一趟吧。」

「妳把這個帶著。」夏冬青遞出其中一張收在床頭櫃上的筆記本紙，示意沐荻伶收下，「這上面有我摹寫的『人臉符號』，妳拿去那幾間影印店印看看，看有沒有哪間店會印出卡墨的白色線條。」

「如果有條件符合的店家，我會再告訴你的。」沐荻伶將筆記本紙摺好，放入口袋。

「做為交換，你必須答應我一件事。」

「……我知道妳想說什麼。」夏冬青嘆了口氣，拾起不知何時掉落在臂彎間的冰袋。

「我保證會乖乖待在家裡休息，不會逞強。」

「還有呢？」沐荻伶的唇角掛著無懈可擊的微笑，神色間卻隱隱透出一絲嚴寒。

「……之後如果有什麼狀況都會馬上連絡妳，不會擅自做出什麼事。」夏冬青稍微停頓一下，才像是妥協般地如此表示。

他靜靜轉動目光，直到和沐荻伶四目相對。

「我保證，所以別擔心。」

「這還差不多。」沐荻伶原先緊繃的嘴角放鬆下來。在夏冬青的注視下，她彎腰拾起放在床邊的書包，將之揹到肩上。

「那我先回去了，有什麼事情就用手機連絡。」

「嗯。」夏冬青抬了抬手。才剛結束推理相關的話題，男孩雙眼中的火光就迅速熄滅，原先累積的疲勞一擁而上，讓他的臉色更顯虛弱。

「多喝水、多休息，我之後會再過來。」

沐荻伶丟下這句話後，便走出房間，將門板悄悄掩上。

在轉身離去的瞬間，她默默閉上眼，隱藏蕩漾在雙眼中的、那抹幾不可見的酸楚。

——如果自己能早點擁有這樣的敏銳度就好了。

——或許只要多一點關心，或許只要再早一點點伸出援手……

——就能阻止姐姐的悲劇發生。

沐荻伶搖搖頭，把殘存的懊悔趕出腦袋。

夏冬青肯定感覺到了這分近乎贖罪的心情，才會一反常態地向她承諾。

「……偶爾還是有體貼人的一面嘛。」沐荻伶一攏長髮，逕自步下公寓樓梯。

——既然如此，自己也得完成分內的工作才行。

沐荻伶重新拿出手機，把記錄於地圖上的標籤一一點開。

◆

「啊，小鐵！回來！」

尤亞右手提著被掙脫開的牽繩，左手拉著小白狗波可，在操場邊緣拚命追著開心狂奔的茶褐色幼犬。

因為身形矮小，剛開始學習綁牽繩沒多久的小狗「鋼鐵加魯魯獸」——簡稱小鐵，趁尤亞不注意，在例行散步的途中掙開繩子，目前正於茗川高中的校園內展開一段妳追我跑的愉快旅程。

「小鐵！小鐵……！等……呼……」很遺憾，欠缺鍛鍊的尤亞完全追不到狗小腿短的小鐵，只能遠遠跟在後面，上氣不接下氣地狂奔。

眼看興高采烈的小鐵就要衝入操場，和眾多假日練習的田徑隊隊員們正面衝撞，尤亞只能拚命伸出手，眼睜睜看著小鐵奔上PU跑道。

下個瞬間，一雙手臂從旁將小鐵攔截，把牠從地上撈起、抱入懷中。

「小靜！」認出對方是穿著背心和體育短褲的李靜後，尤亞總算鬆了口氣，氣喘吁吁地小跑來到好友身邊。

「牽繩鬆掉了嗎？」正好結束短跑練習的李靜牢牢抓住小鐵，讓尤亞把牽繩套回幼犬身上。

「對啊，小鐵太小隻了，這種套在身體上的牽繩很容易被掙脫。」尤亞一邊碎念，一邊拍了一下小鐵的腦袋，「小笨狗，要是跑到操場中間被踩死了，我可不管你喔！」

「應該是不至於被踩死啦……」

李靜話還沒說完，語尾就被一陣「噠噠噠噠」的刺耳噪音給掩蓋。

「工地那邊又在用電鑽了。」李靜摀著耳朵，滿臉無奈地說，「最近好像在拆東西，每天都有夠吵的。」

「小靜堂哥不是在那邊當監工嗎？就不能請他想想辦法嗎？」尤亞趕緊抓好波可的牽繩，以免小白狗被噪音嚇得暴衝出去。

「怎麼可能可以啊。」李靜忍不住白了她一眼，「光是在我們上課的時候盡量減少噪音，就已經是仁至義盡了，今天可是假日欸，怎麼可能連假日都不上工啦。」

「也是喔……」尤亞嘆了口氣，眼神不經意地飄往校舍的方向。

前一天目睹跳樓事件的震撼，至今仍殘留在她的意識中，讓尤亞不管做什麼事都有點心不在焉。剛剛就是因為這樣，才會讓貪玩的小鐵意外掙脫牽繩。

「尤亞，妳還好嗎？」

「啊？喔喔！抱歉，我剛剛在發呆。」尤亞吐了吐舌頭，才發現李靜正以擔心的眼神看著自己。

「怎麼了嗎？小靜？」

「妳還問我……話講著講著就突然恍神，妳到底是怎麼啦？」李靜敲了敲尤亞的額頭，讓她發出「嗚啊」的哀叫。

環顧四周幾眼，確認附近沒有其他人後，李靜湊到尤亞身邊，壓低聲音問道，「還在在意昨天發生的那件事嗎？」

尤亞支支吾吾了好一會兒，才老實點頭承認。

「多多少少啦……」

「其實我也一樣。」李靜沿著尤亞剛剛的視線回過頭，往校舍的方向望去。

三樓外走廊正下方，被警方用三角錐和封鎖線拉起一塊「禁止進入」區域，男學生摔落的那塊水泥地也用帆布遮掩住，沒有露出任何事故的痕跡。

然而這幅景象，無形間卻給人一種欲蓋彌彰的感覺。愈是封鎖、遮掩，該區域給人的事故感就愈重，就連對跳樓事件毫不知情的路人，經過那附近時都會忍不住回頭望個兩眼，遑論親眼目睹事件經過的尤亞和李靜了。

「不知道那個學長現在狀況怎麼樣。」李靜喃喃說著，把趴在懷裡的小鐵放回地上。

「李靜，要跑第二趟了！快過來準備！」尤亞還沒來得及接話，遠處就傳來田徑隊隊員的呼喚。

聽到自己名字的李靜也很快回過頭，向跑道另一頭舉起手：「知道了，馬上過去！」

得到隊員的揮手回應後，李靜對尤亞露出歉然的眼神，「抱歉，尤亞，我得回去練習了。」

「沒關係沒關係，不用在意我。」尤亞連忙搖搖手，重新拉緊兩隻狗狗的牽繩，「我再帶牠們繞幾圈就要回去了，妳趕快過去練習吧。」

「嗯，待會見。」李靜蹲下身，分別摸了摸波可和小鐵的頭，接著如風一般地轉身跑開。

「真好呢，跑得好快。」看著李靜飛奔離去的背影，尤亞涼涼地嘆了一句。和連小鐵都追不到的自己比起來，李靜那雙線條優美的大長腿，簡直讓人羨慕到不行。

「我是不是偶爾也該運動一下呢……」尤亞一邊嘟嚷，一邊任由兩隻狗狗將自己往校舍的方向拖去。

不一會兒，她就發現自己在不經意間來到了封鎖線邊緣，和事發現場只剩下短短數公尺的距離。

「才、才不是因為真的很在意才過來的喔？只是剛好帶狗狗散步到這邊而已。」尤亞裝模作樣地咳了一聲，對著空氣小聲辯解。

不過就算拉近到這個距離，能看到的景色仍然與站在操場邊緣時差不多。在封鎖線的包圍中，四角被固定住的帆布孤零零地鋪在水泥地上，遮擋所有過路人的視線——當然也包含尤亞在內。

在她的注視下，攤開的帆布與男學生倒地的身影隱隱重合，讓她不禁有些背脊發涼。

「同學，這邊不能靠近，請妳馬上離開。」沒等尤亞糾結完，一道陌生的聲音就橫插進來，打斷她的思緒。

尤亞一轉頭，就看到學校警衛雙手扠腰，凶神惡煞地瞪著她。

身穿校警制服、年紀約莫五十歲上下的男人，是負責維護茗川高中安全的警衛之一。別看他平時都窩在校門口的警衛室裡打盹，偶爾巡視校園時，氣勢還是頗為嚇人的。

「可是我有好好待在封鎖線外面，沒有擅自跑進去啊。」尤亞嘟起嘴，沒有因此打退堂鼓，「只是在外圍看看也不行嗎？」

「不行，快離開。」見尤亞沒有乖乖配合，校警的口氣變得粗魯，「而且我們學校裡禁止遛狗，請妳馬上把那兩隻狗帶出去！」

「我是茗川高中動物救援社的社長，這兩隻狗是社團養的，有跟學校申請過，可以在校園內自由活動，不用擔心。」尤亞握緊拳頭，沒好氣地頂了一句。

被用如此差勁的態度對待，即便是她也有點火大。重新拉緊波可和小鐵的牽繩後，尤亞氣鼓鼓地往操場走去，路過校警身邊時，還不忘用牽繩掃一下對方的腳踝，以示自己的不滿。

「喂！別再過來了啊！」校警挺著肥胖的肚腩追上前兩步，朝尤亞吼道。

「知道了啦。」尤亞吐了吐舌頭，走遠些許後，才忍不住開始碎念，「真是的，幹嘛這麼神經質啊？我明明就有乖乖待在封鎖線外面……」

沒走兩步，她就拿出手機，搜尋近幾天來有關「天使之翼」的新聞。

儘管已經從沐荻伶口中聽說過這種新型毒品的特性，但對於其他細節——比如「天使之翼」現蹤的地點和嫌犯身分，尤亞其實都還是一知半解。

而這種時候，網路就是一種很方便的工具了。只要輸入幾個關鍵字，大量資訊就會在螢幕上依序條列出來，無須實地走訪，也省去了繁瑣的調查環節，光是動動手指就能把重要的情報掌握在手。對尤亞這種毫無偵探背景的高中生來說，現代科技和媒體的發達可說是一大福音。

「我來看看喔，犯人的名字是……蝌蚪？」尤亞滑動手機螢幕，有些疑惑地歪頭。新聞稿上貼著的方臉男子的照片，怎麼看都和這個可愛的名字搭不上邊。詳讀文章後，尤亞才發現「蝌蚪」只是男子的綽號，他真正的名字是「柯連斗」。據新聞報導所述，「蝌蚪」平時行事謹慎，犯案前都有相當鎮密的規畫，包括遮掩行蹤、湮滅證據等，因此鮮少被警方抓住馬腳，這也是男人至今仍能逍遙法外的原因。

擁有數項販毒與暴力前科的蝌蚪，前陣子因涉嫌以社群網站接觸高中生，販售名為「天使之翼」的新型毒品而遭到警方逮捕，這也是他近期最接近被定罪的一次。

「不過因為證據不足，最後還是無法被起訴嗎……」尤亞嘆了口氣，這才想起「蝌蚪」未被定罪的原因。

——明明應該還有許多存貨，警方卻始終沒能找到他持有的「天使之翼」。僅憑網路上略顯可疑的對話記錄，無法做為直接證據，讓法官做出有罪判定。

根據警方的說明，蝌蚪在與學生的對話中，聰明地避開敏感字眼，也幾乎沒有收受金錢，因此難以認定是在進行販毒活動。想要抓住他的狐狸尾巴，就只能設法找出剩餘的「天使之翼」。否則這種拿學生測試毒品藥性的行為，就會一再逍遙法外，無法得到制裁。

「真是狡猾的傢伙。」尤亞憤憤不平地踱踱地面，把湊在她腳邊的小鐵嚇得跳了起來。

「事已至此，只能讓茗川高中引以為傲的名偵探……『驅魔神探尤亞』來幫忙調查了！」

信心滿滿地做完以上宣言後，尤亞一個接一個地點開網頁，想如法炮製、透過新聞稿來收集更多資訊。然而很可惜的是，不管切換到哪間新聞社的網頁，文章內容幾乎都大同小異，就連嫌犯「蝌蚪」的照片都是同一張，完美體現現代新聞媒體彼此抄襲的生態。

「咕，這群記者還真是沒用。」尤亞不悅地噴氣，乾脆在操場尾端的花圃邊蹲下，認真地修改關鍵字，改為查詢「柯連斗」「毒品前科」等字詞的相關資訊。

過了一會兒，她才發現跟在身邊的小白狗波可正一邊搖著尾巴，一邊用鼻尖頂著地上的一張白色紙片。

「咦？」尤亞眨眨眼，慢了半拍才反應過來，「這是……人臉紙條？」

不顧玩具被搶、大聲汪汪叫抗議的波可，尤亞一把抄起紙片，湊到面前仔細查看。

沒有錯，這張正面印滿表情各異的人臉符號、背面一片空白的紙條，無疑是先前在茗川高中掀起一陣騷動的人臉紙條——至少曾經收集過數十張的尤亞不可能會認錯。

這兩天接連遇上突發狀況，讓她一不留神就把人臉符號的事忘了個精光，要不是現在剛好又撿到新的紙條，她恐怕會就此把這起事件拋到腦後。

「晚點再去找阿青問問看狀況好了……」

「又撿到紙條了嗎？尤亞。」

「啊，小靜！」尤亞抬起頭，正好與擦著汗、走到她身邊的李靜四目相對。

「妳練習結束了嗎？這麼快？」

「現在是中場休息。」李靜把手中的毛巾披到肩上，隨手扯開馬尾，重新用髮圈綁好，「剛剛怎麼了？我好像看到學校警衛在跟妳說話？妳被罵了嗎？」

「他叫我不要靠近那邊，但我明明有待在封鎖線外啊。」尤亞舉手指了指校舍方向，委屈地嘟起嘴唇，「而且那個死胖子超凶的，跟人講話的口氣有夠差，我又沒欠他錢，幹嘛這麼凶啊？」

「開口就叫人家死胖子的妳也是半斤八兩好嗎……」李靜半睜著眼吐槽，回頭望了望在操場周圍踱步巡邏的校警。身材盡顯福態的中年男子每走幾步就會停下來環顧四周，不時斥喝太靠近封鎖線的學生，身體力行地履行校警的職責。

「感覺他還滿認真的啊？不要這麼嚴格啦，尤亞。」

「才怪咧，要不是昨天那件事，他才不會特地走來操場巡邏。學校的警衛都是一個樣，每天就只會躺在警衛室裡打瞌睡。」尤亞翻了個大白眼，毫不留情地批評茗川高中的輪值警衛們。

「也不一定吧？至少近幾週我都有看到這個警衛來操場巡邏，他應該算是警衛裡比較認真的人了。」李靜沒有被尤亞武斷的發言牽著鼻子走，而是試著以自己的觀點切入。

「近幾週？不是今天才來巡邏的嗎？」尤亞眨眨眼，提出質疑。

「嗯，從前幾週開始，我就常常在練習時看到那個警衛在操場附近巡邏……不過其他警衛都不常出現就是了。」李靜聳聳肩，一派輕鬆地回答，「所以說，就算他的口氣稍微差了一點，也不要太在意啦，人家已經很盡忠職守了。」

「好吧，既然小靜都這麼說了……」儘管滿臉無法接受，尤亞還是勉強點了點頭，「我就大發慈悲地原諒他的出言不遜吧，嗯嗯！我人真是太好了。」

「那還真是辛苦妳了。」面對尤亞滿是孩子氣的發言，李靜露出苦笑。她將目光移到尤亞手中捏著的紙條上，像是要轉移話題般地開口，「對了，我今天也有撿到一張紙條喔。」

「真的嗎？」尤亞眼睛一亮，「在哪裡撿到的？我想看！」

「田徑隊熱身的時候有個學姐在操場那邊找到的，現在放在我的包包裡，晚點再給妳看。」李靜一攤手，示意包包目前不在自己身邊。

「話說回來，小鐵好像要大便了，妳要不要處理一下？」

「啊！」尤亞趕緊回過頭，剛好看到茶褐色小狗擺出蹲踞的姿勢，一副「我要大了喔」的模樣。

「等等，小鐵！這邊不行！」

兩人所在的位置可是園藝社費心照料的花圃旁，雖然尤亞一直都有馬上清理狗大便的好習慣，但小鐵要是真的大在這裡，觀感上還是挺糟糕的。最壞的情況還可能因此被園藝社的同學問責，讓本就勢單力薄的動物救援社處境更為艱難。身為社長、也是唯一社員的尤亞可不能容許這種事情發生。

「給我忍住！」尤亞一把抱起小鐵，大步衝向遠離花圃的水泥地。

「尤亞，我先回去練習了喔？」目送搖著尾巴追上去的波可，李靜將手掌圈在嘴邊喊道。

「好，晚點見！」尤亞沒有回頭，而是像動畫男主角般，帥氣地舉起一隻手道別，下一秒卻被耍賴不肯跟著跑的波可拉得差點跌倒。

「小心別受傷了啊。」李靜擔心地提醒了一句，又待在原地觀望了幾秒，才轉身小跑離去。

明媚的陽光從雲層間灑落，讓女孩烏黑的馬尾反射出點點金光。

在同一片天空下，沐荻伶正以難得的便服裝束走在街上。因為今天不用上課，所以她是以白色高領毛衣、黑長褲，搭配深色報童帽的打扮示人，方便活動之餘，也能稍微遮掩高中生特有的稚嫩感。如此一來，在進行某些需要與人交談的活動時，就不會因為年紀小而被對方敷衍了事，也能省去一些麻煩。

事實上，褪下學生制服的沐荻伶比起平常更顯明亮動人，儘管全身上下都包得緊緊的，也掩蓋不住女孩那比例勻稱的好身材，以及近乎透明的空靈氣息。光是從路口那邊走來，就吸引了不少陌生男性的目光，這讓她認真思考著是不是要把帽簷再壓低一些，以免被奇怪的人搭訕。

『妳說……已經把學校附近的影印店都跑過一遍了，還是沒找到任何線索？』夏冬青的聲音透過手機傳到沐荻伶耳邊，讓她眉心一緊。

「嗯。按照你開出的條件，茗川高中方圓一公里內的影印店，不管業務量多少，只要有提供相同磅數紙張的店家我都去確認過了，沒有哪間店的機器有類似的卡墨痕跡。」沐荻伶望著手中厚厚一疊影印紙，語調平淡地說道。

「怎麼辦？要把範圍再擴大一點嗎？」

『……不，不用。』夏冬青沉默數秒才緩緩接口，『如果真的沒有，就代表我的假設可能是錯的。』

「真難得你會有猜錯的時候。」沐荻伶勾起一抹淺笑，沿著人行道往公車站信步走去。

『也沒什麼，本來就不可能每次都猜對。』面對自己的判斷失誤，夏冬青倒是相當坦然，『妳還在學校附近嗎?沐荻伶。』

「正準備回去，怎麼了嗎?」

『既然影印店這條線索斷了，我有另一件事想確認。』夏冬青以稍弱卻穩定的口吻說道，『妳能不能替我去學校一趟?』

「可以是可以……你想要做什麼?」沐荻伶四面環顧了一會兒，確定自己身處的位置後，重新調整前進的方向，改往茗川高中進發。

『妳找巧克力螺旋捲幫忙，去學校的警衛室……』

「等等。」沐荻伶突然停下腳步，將手機稍稍移開臉頰。

她瞇起眼睛，打量了路邊的某間店鋪幾眼，再重新把手機湊到嘴邊。

「夏冬青，如果是有提供影印服務的文具店呢?」

『……妳說什麼?』

「我剛剛路過一間文具店，招牌上寫說他們這邊也能印東西。」沐荻伶後退一步，讓文具店的全景映入眼簾。

和亮色系的招牌相比，店鋪本身顯得有些老舊，不僅採光欠佳，就連陳列商品的玻璃櫃上都積了些灰塵。玻璃製的自動門上貼著一大堆廣告紙，大大影響過路人的視線。儘管如此，只要稍微調整角度，還是能勉強看到擺在店內深處的老式影印機。

『文具店嗎……』夏冬青遲疑了一秒，『我沒有往這個方向想過。』

「但只要條件符合就行了，對吧？」沐荻伶輕快地說著，一邊湊到文具店門口，往裡頭瞄了兩眼，「學校附近方圓一公里內，客流量小又有提供影印服務的店家。」

『話是這麼說沒錯……』

「總之我先進去看看，待會再打給你。」沐荻伶留下這麼一句話後，就單方面切斷通話，通過緩緩敞開的玻璃自動門踏入文具店內。

坐在櫃檯後方顧店的老闆娘即便看到有客人上門，也沒有起身招呼，只是稍稍抬起目光，向女孩點了點頭。

「不好意思，我想請問一下。」沐荻伶見狀就逕直走到櫃檯前，拿出從前一家影印店裡拿來的紙張樣品，放在玻璃展示櫃上，「你們這邊有提供這種厚度的紙張嗎？」

「妳稍等一下喔。」見客人親自上前搭話，老闆娘這才心不甘情不願地放下手機，起身檢查沐荻伶帶來的紙樣。

「……這種磅數的紙我們還有，妳需要多少？」

「一張就夠了，可以的話，想順便借用一下那邊的影印機。」沐荻伶淺笑著豎起食指，目光有意無意地瞄向店鋪深處。

擺放在一樓角落的影印機，和店內其他物品一樣都積了一層薄薄的灰塵，機體表面有幾個清晰的手印留在上頭，顯示這臺影印機不久前才剛被人使用過。

「可以啊，妳會操作嗎？還是要我幫妳弄？」老闆娘懶洋洋地問了一句，讓沐荻伶有些意外地眨眨眼。

「可以自己印嗎？我還以為一定要有店員幫忙操作。」

「原本應該是要這樣沒錯啦。哎呀，如果你們自己會弄的話，我們也省得麻煩啦。」老闆娘絮絮叨叨地繞出櫃檯，來到存放紙張的木櫃前，抽出一張影印紙塞到沐荻伶手上。

「妳是要這個磅數的齁？檢查一下，免得等等印錯。」

「嗯，是這個磅數沒錯。」沐荻伶用指尖搓了搓紙張表面，很快點點頭。

「那妹妹妳要印什麼，阿姨幫妳弄。」

「印這個。」在老闆娘伸手示意下，沐荻伶從包包中抽出夏冬青臨摹的人臉符號紙條，將之緩緩展開。

出乎意料的是，看到這些詭異圖案的老闆娘並沒有顯露出一絲一毫的驚訝，只是淡淡地「喔」了一聲，「你們年輕人最近很流行這種東西齁。」

「流行什麼?」正準備觀察影印機是否卡墨的沐荻伶一下子沒反應過來，慢一拍才接上話頭。

「這個啊。」老闆娘指了指夏冬青謹慎謄寫的人臉符號抄本，露出「我懂我懂」的表情，「前陣子有個年輕人一直會來我們家印這些歪七扭八的圖案，每次都印了好多呢。」

「有個年輕人……?」察覺到異樣的沐荻伶心頭一緊，表面上仍裝出從容不迫的模樣。

「那是什麼樣的人啊?跟我差不多大嗎?」

「年紀應該比妳大喔，一個高高的、長頭髮的帥哥，每次來都是自己操作影印機，沒有來找我幫忙過。」老闆娘隨意往頭頂比了個高度，皺起眉，挖掘著記憶，「印象中，今天早上也有來?」

「原來如此。」沐荻伶不動聲色地笑了笑，心跳卻不爭氣地逐漸加快。

錯不了，老闆娘口中的「長髮帥哥」絕對和人臉符號存在著某種關係。雖然還沒辦法百分之百確定，但那些散布在茗川高中校園的神祕紙條，多半就是在這間文具店印製的。

如果以上猜測屬實，那麼夏冬青針對紙條的推理儘管存在著微妙的偏差，卻也相當接近正確答案了。

——真是個可怕的男人。

沐荻伶輕抿嘴唇，為夏冬青僅憑一張紙就推理到如此程度的演繹能力感到佩服。

不論手中掌握的資訊再怎麼微不足道，還是能透過最低限度的「如果此為否，則彼為真」的方式來歸納出調查方向。

如果換成自己，恐怕會在第一步——「破解人臉符號」碰壁的時候就放棄了吧？然而夏冬青卻能調整思考模式，改由「調查紙張本身」入手，最終才引領沐荻伶來到這裡。

——不過光是這樣還不夠，除了老闆娘的證詞外，還需要找到某種……決定性的證據。

「總之先幫我印一份。」沐荻伶很快恢復冷靜，將人臉符號抄本交到老闆娘手上，「用剛才那種磅數的紙，麻煩您了。」

「沒問題，一份是吧？妳稍等一下。」

「好的。」趁著老闆娘啟動影印機、把紙張放入機臺裡的空檔，沐荻伶迅速張開手掌，和留在影印機上的掌印比了比。

根據老闆娘剛才的發言推斷，這些掌印很可能是那個「長髮帥哥」早上來影印時留下的，跟沐荻伶的手掌相比，尺寸大上許多。雖然很想用相機把掌印的形狀拍下來，但這麼做實在是太顯眼了，因此沐荻伶只是大概量了量掌印的寬度，就把目光轉往其他地方。

「阿姨，那個字紙簍裡面的廢紙，我可以拿幾張走嗎？」沐荻伶輕拍老闆娘的手臂，指了指放在影印機旁的塑膠紙簍。用來盛裝印刷品垃圾的紙簍目前只裝了半滿，裡頭有各種大大小小的碎紙，看樣子已經有一段時間沒人清理了。

「妳要這些廢紙喔？」面對沐荻伶這樣的要求，文具店老闆娘顯得有些意外，畢竟字紙簍裡除了幾張廢紙外，只有一些零碎的紙屑，就連拿去資源回收都嫌勉強。

稍作猶豫後，老闆娘便放棄思考地擺擺手，側身讓出空間。

「哎，想要就拿吧，不過我很久沒清了，裡面有很多灰塵喔？」

「沒關係，謝謝阿姨。」沐荻伶蹲下身，往字紙簍裡仔細翻找。撥開幾張發皺的明細表和彩色包裝紙後，「某樣東西」便映入她的眼簾。

那是一張被撕碎的薄紙片，儘管只有不完整的一部分，但上頭確實畫著熟悉的人臉符號。更重要的是，從勾勒線條的筆觸判斷，這多半不是四散在茗川高中各處的影本——而是紙條的原始版本。

沐荻伶小心翼翼地把那張紙片從字紙簍裡挑出來。和一般的影印紙不一樣，這些紙片的質地比較近似於包裝紙，背面還印有某種圖案，只是因為被撕碎了，一時間無法看出那究竟是什麼圖案。

察覺到這點後，要找出紙片的其餘部分就很簡單了。不用多久，沐荻伶就挑出第二、第三張紙條碎片。正當她屏氣凝神，打算把所有碎片一口氣翻出來時，老闆娘突然望向店外，拉高嗓門「哎喲」了一聲。

「欸，妹妹，那個年輕帥哥又來了，妳要跟他打個招呼嗎？」

「現在嗎？」沐荻伶反射性地抬起頭，心臟卻漏跳了一拍。

出現在文具店玻璃門外的，不是哪個陌生人，而是曾與她有過數面之緣、同時也是李靜的堂哥——李信。

——他來這裡做什麼？

——不，應該說，他為什麼要三番兩次地跑來這間文具店複印人臉紙條？

——難道散播人臉符號的人……就是李信？

過多的疑問湧入腦海，讓沐荻伶產生一瞬間的動搖。

然而，現實卻不容許她繼續發呆下去。要是再不採取任何行動，此刻還待在店外、正揮手嘗試讓自動門打開的李信肯定會發現自己的，到時可不能保證這個愛八卦的老闆娘，會不會把她來複印人臉紙條的事情告訴對方。在確認完李信的意圖之前，還是別讓他知道自己正在調查這起事件比較好。

暗自下定決心後，沐荻伶便將從紙簍裡翻出的幾張紙片塞入口袋，迅速站起身，向老闆娘展開微笑。

「不好意思，可以請您幫個忙嗎？希望您不要把我來過這裡的事情告訴那個人。」

「啊？為什麼？」

「這是因為……」低頭避開老闆娘投來的疑惑眼神，沐荻伶裝出尷尬又有些羞怯的模樣，「其實那個人，是我的前男友。」

「喔！」老闆娘一聽，立刻露出心領神會的表情。

「因為剛分手不久，現在見面了會很尷尬，所以拜託了，影印的錢我待會會付，請幫我盡量應付過去。」沐荻伶合十雙掌，苦笑著吐了吐舌頭。

「沒問題，交給阿姨吧，妳趕快到櫃子後面躲好。」老闆娘捲起袖子，主動上前一步擋在影印機前面，沐荻伶則趁機閃身躲到存放紙張的木櫃後方。

下一秒，文具店的玻璃門就發出溫潤的摩擦聲，緩緩往左右敞開。

「老闆娘，影印機可以用嗎？」李信一進店，就逕直朝沐荻伶藏身的位置走來，這讓從木櫃縫隙往外偷看的女孩不免有些緊張。

「可以可以，你要自己弄嗎？」老闆娘一邊陪笑，一邊機靈地把沐荻伶剛剛印的東西收入懷中，沒讓男人發現，「帥哥早上不是才剛來過？怎麼又跑來了？」

「數量沒印夠。」李信簡短地應了一聲，繞過老闆娘來到木櫃前方。

在李信揀選紙張的短短十幾秒間，躲在木櫃後的沐荻伶用雙手掩住嘴唇，連大氣也不敢透上一口。因為距離實在太過接近，她甚至能從緊靠木櫃的背脊，感覺到李信翻揀紙張時產生的輕微晃動。

經過漫長到宛如一世紀的幾秒鐘，男人才終於離開，老式影印機運作的聲音也隨之響起。

趁此機會，沐荻伶稍稍傾身，從木櫃旁探頭窺探店內的狀況。只見李信背對著她，駐足在影印機前，等待機器吐出一張張複印完成的紙張，似乎沒有察覺任何異狀——

直到李信開口打破沉默的那一刻為止。

「老闆娘，剛剛有誰來過嗎？」

「啊？」突然被點到名的文具店老闆娘明顯有些慌神，她支支吾吾了好一會兒，才勉強笑道，「中午有幾個客人來過，怎麼了嗎？」

「沒什麼。」李信瞇起雙眼，仔細打量腳邊。

沐荻伶此時才猛然發現，自己稍早之前翻找過的字紙簍旁散落著幾張廢紙碎片。可能是剛才躲藏時太過匆促，沒注意到紙簍還留著翻動過的痕跡，這才讓李信起了疑心。

意識到這件事的沐荻伶輕咬嘴唇，一滴冷汗從額角滑下。

眼下的情況相當不妙，要是李信再敏銳一點，應該就能發現老闆娘正不斷地往木櫃的方向偷瞄。察覺到這點之後，要揪出藏身在後頭的沐荻伶就只是時間上的問題了。

幸好下一秒，李信的注意力被機器吐出的紙張轉移過去，才沒讓最壞的情況發生。

取出複印完成的紙張後，男人便不再四處張望，而是向老闆娘借來剪刀，把A4大小的紙張剪成小塊，再逐一收起。

直到完成手中的工作為止，李信都沒有再向老闆娘搭話。瀰漫於店內的平靜氣氛讓沐荻伶更加不敢輕舉妄動，深怕不小心弄出什麼動靜，讓自己藏身的位置暴露。

過了許久，李信終於收拾好東西。正當沐荻伶稍稍鬆了口氣，以為他會就此離開文具店的時候，男人卻俯下身，以雙手捧起地上的字紙簍。

「老闆娘，這個怎麼賣？」

「啊？你說那個紙簍嗎？」聽到這個前所未聞的詢價，老闆娘不禁呆了呆。

「對，還有裡頭的雜物，全部買下的話要多少錢？」李信平靜地問，絲毫沒有開玩笑的意思。

「可、可是，那裡面只是些垃圾……」

「換句話說，這個紙簍並不是非賣品，對吧？」李信騰出一隻手，往口袋裡掏了掏，摸出一張鈔票遞到老闆娘面前。

「這樣應該夠了吧？」

「夠是夠了，只是……」

「那我就帶走了，謝謝。」李信沒有給老闆娘半點反應的時間，輕輕點頭致意後，便轉身往店門口走去。

文具店的自動門再度發出溫潤的摩擦聲，往兩側敞開。然而背對店內的李信卻遲遲沒有跨出腳步，直到自動門開到最大、即將回彈的那瞬間，他才猛然回過頭，以電光般的眼神沿著店內掃過一圈。

「……」李信瞇起雙眼，凝視隱隱有些晃動的木櫃。

沐荻伶屏住略顯急促的氣息，整個人縮在櫃子後方一動也不敢動。

剛剛以為李信已經離開、正準備探頭偷看的時候，差點就被男人突如其來的回頭逮了個正著，雖然警覺性極強的沐荻伶及時縮身躲回木櫃後方，但還是無法保證李信會不會察覺到什麼異樣。

——萬一自己在調查人臉符號的事情被當場發現……

沐荻伶輕咬牙關，汗水沾溼了高領毛衣的內裡。

李信一語不發地緊盯著木櫃，即便自動門再度關上，也沒有採取任何行動，就這麼維持監視店內的站姿，一秒、兩秒、三秒……

「請問還有什麼需要嗎？」

直到老闆娘忍不住開口打破沉默，他才收回視線，緩緩搖頭，「不，沒什麼。」

李信舉起手，讓厚重的玻璃門再次敞開，這回是真的踏出店外，穿過馬路往對街走去。

「……他走了。」經過漫長的十數秒，老闆娘才小聲說道。

沐荻伶悄悄呼了口氣，以貓一般的輕盈動作站起身，繞出木櫃後方。剛才因為緊張而迸發的腎上腺素仍殘留在體內，讓她的心臟不住地怦怦跳動。

「妹妹，妳前男友要那個字紙簍做什麼啊？」老闆娘從木櫃邊探出頭來，好奇地問。

「我也不知道。」沐荻伶喃喃回答，心裡卻大致有了個底。

李信多半是察覺到有人翻動過字紙簍，才決定把留有相關證據的紙簍整個帶走。

這個消息對沐荻伶來說，可謂是好壞參半。壞的方面是，李信帶走字紙簍之後，裡頭可能存在的相關證據肯定是拿不回來了。至於好的方面……

沐荻伶從口袋裡拿出幾張破碎的紙片，湊在燈光下仔細查看。這些是她趁李信闖入店內前，抓緊時間搶救下來的紙片。如果她判斷正確，那這應該就是人臉紙條的原始版本。

以黑筆描繪的線條，如同包裝紙般略薄的材質，以及印在背面的、由複雜線條勾勒出的「某種圖案」。

既然李信如此急於銷毀這些紙條碎片，就代表裡頭肯定留有某種關鍵性的證據。

花了幾分鐘把手上的紙片拼湊起來，沐荻伶很快就認出印在這些紙片背面的圖案。

——那是一對大大展開的羽翼。

一股惡寒隨即爬上她的背脊。

「妹妹、妹妹，妳印的東西我幫妳放在這裡喔？」

「……好，謝謝。」沐荻伶花了比平常更久的時間才恢復冷靜。她伸手拿起老闆娘放在影印機上的紙張，悄悄吁了口氣。

她認得紙片背後的圖案，那是曾在網路新聞上出現過數次，代表「天使之翼」的圖樣。

傳說中，那款會讓人產生「能飛翔錯覺」的混合型迷幻劑，就是裝在印有該圖案的包裝紙中，流通在各大校園內的。

「那麼，下一步該怎麼走呢？夏冬青？」沐荻伶輕輕握住手中的紙片，抬頭仰望玻璃門外的萬里晴空。

第4章

惡魔符號與天使翅膀（四）

當沐荻伶終於回到夏冬青所住的出租公寓時，時間已經逼近傍晚。即將西下的落日將最後一絲光芒投入樓梯間，讓水泥色的臺階染上一片橘紅。

沐荻伶壓低帽簷，沿著樓梯拾級而上。經過一整天的奔波，她的雙腿已經累積相當程度的疲勞，也因為這樣，專心爬著樓梯的她，比平時晚了一些才注意到有兩個人影正駐足在四樓樓梯口，正好擋在她的面前。

「所以說，這種事情果然還是得找阿青……」

「但他到現在都還沒回妳的訊息吧？就這樣突然跑到別人家，是不是不太禮貌？」

「別擔心啦，那種程度的事情用暴力不就能解決了嗎？」

「妳就是這個態度我才特別擔心！」綁著高馬尾的女孩按住額角，一臉頭疼。

「吶，尤亞，我們要不要先回去？繼續在這邊吵吵鬧鬧，會打擾到其他住戶的喔？」

「唔……好吧。」尤亞鼓起臉頰，不情願地捲起袖子，「那在回去之前，讓我先往阿青家的門上敲幾下，確認他在不在家好不好？」

「不不不，妳這個表情，一臉就是要直接破門而入吧！」李靜一把架住低吼著、往四〇五號室衝去的尤亞，無奈地吐槽。

正當兩人為了「到底要不要嘗試破門」拉扯不休時，沐荻伶從樓梯口悠然現身。她左看看尤亞、右看看李靜，忍不住苦笑著搖搖頭。

「妳們兩個找夏冬青有什麼事嗎？」

「啊！咬伶！」臉頰被李靜捏住的尤亞動作一頓，眼睛一口氣睜大，「泥種麼在惡裡？」

「我也是來找夏冬青的。」沐荻伶展開微笑，簡單解釋自己正在協助夏冬青調查人臉紙條的事情。說明完畢後，便將話頭拋了回去。

「妳們呢？妳們來找他有什麼事？」

「我們來是為了……」好不容易掙脫李靜手臂的尤亞，從書包裡抽出一張紙片，遞到沐荻伶的面前，「為了這個。今天我帶波可和小鐵散步的時候撿到的。」

「這是……人臉符號紙條？」沐荻伶挑起眉，伸手接過印滿詭異圖形的紙片。

「嗯，撿到的位置一樣是在操場附近，小靜那邊也有撿到一張。」

「啊，對。」在尤亞的眼神示意下，李靜趕緊拍了拍肩上的背包，表示自己撿到的那張紙條目前正收在包包裡，「我是在練田徑的時候撿到的。」

「原來如此……」沐荻伶點點頭，仔細端詳李靜的臉龐。

從這個距離觀察的話，就能發現李靜和李信的眉宇間還是有幾分相似，只不過李靜的五官比李信秀氣許多，皮膚也沒有堂哥那麼黝黑。

——從李靜的反應來看，她似乎還不知道李信與人臉符號之間的關係。

——那麼李信又是出於什麼理由，不惜瞞著表妹，也要在茗川高中校園內散布那些紙條呢？

沐荻伶在心中嘀咕了兩句。

「那個，我臉上沾到什麼了嗎？」李靜摸了摸自己的臉頰，有些不知所措地回頭望向尤亞，後者則回以「一定是小靜長得太可愛了」的敷衍笑容，完全沒有要幫忙解圍的意思。

「沒什麼。」沐荻伶收回目光，勾起一抹淺笑。

「既然都來了，妳們要跟我一起去找夏冬青嗎？」

「可以嗎？」尤亞的眼神瞬間一亮，她一把抓住沐荻伶的手臂連連搖晃，「我要去！我也想聽阿青用那個厭世的臉說『我懶得解釋，總之真相就是這樣』！」

「原來他在妳眼中是會說出這種話的人嗎……」

「那我們馬上出發吧！目標是阿青的棲息地！Go Go！」不顧滿臉無奈的沐荻伶，尤亞用力舉起手，往四〇五號室大步走去，留下李靜和沐荻伶在原地面面相覷。

「我認為還是趕快跟上去會比較好。」李靜望著邊哼歌，邊用力扭起四〇五號室房門把手的尤亞，冷靜分析道。

「我也這麼覺得。」沐荻伶輕輕按住鼻梁，白天累積的疲勞在此刻一口氣湧了上來。

「我們也過去吧，在夏冬青把尤亞轟走之前。」

兩分鐘後，背靠牆角、坐在床上的夏冬青，滿臉無言地看著三個女高中生從門外魚貫而入，將狹小的出租公寓塞了個半滿。

「……人怎麼變多了？」夏冬青嘆了口氣，臉龐仍舊在低燒的作用下微微泛紅。

「說什麼話，阿青，這麼多可愛的女孩子一起來探望你，你不開心嗎？」剛剛才從沐荻伶那邊得知夏冬青感冒還沒痊癒的尤亞立刻湊上前去，想要趁機捏捏男孩的臉頰。

「不開心。」夏冬青面無表情地將尤亞一把推開，向側身坐在床尾的沐荻伶投以詢問的目光，「這是怎麼回事？我不記得我有叫妳把巧克力螺旋捲帶過來。」

「我是在你家門口遇到她們的。我到的時候，尤亞正打算直接破門，所以……」沐荻伶聳聳肩，表示自己也無可奈何，「而且她們兩個今天都有在操場那邊撿到人臉紙條，說不定能幫上忙？」

「……算了，反正接下來要做的事情，人多一點也比較好辦事。」夏冬青露骨地追加一聲嘆息，整個人向後靠在牆上。

「那截至目前為止的進度……包括今天外出調查的結果，沐荻伶，就由妳來負責說明，我懶得再解釋一次。」

「明白了。」儘管精神和身體都有些疲累，沐荻伶還是微笑著端正坐姿，向低聲喊著「妳看妳看！他說了『我懶得解釋』！」的尤亞，以及隨口敷衍的李靜招招手。

「妳們兩個要不要先坐下來？我來說明一下截至目前為止的調查結果。」

「欸？阿青已經能解讀出那些紙條上面寫了什麼了嗎？」尤亞眨眨眼，語氣中多了一絲興奮。

沐荻伶回頭望向夏冬青，後者則果斷搖頭。

「紙條上頭的內容還沒辦法確定，但針對另一個方向，我們有做了一些調查……」

「欸？意思是還沒找出『真相』嗎？」尤亞歪過頭，露出不太有把握的表情，「一般來說，偵探不是都得等到要揭露真相的時候，才能把調查過程全部說出來嗎？像這樣提前把進度告訴我們，真的沒關係？」

「尤亞，我們只是高中生，不是推理小說裡的偵探。」沐荻伶代替大翻白眼的夏冬青委婉解釋，「那種結尾有大反轉的劇情，通常是為了戲劇效果才做的編排，實際上不可能每次遇到難題，都憋著氣死命調查，直到找出真相為止的喔？」

「這樣啊……」

「就像妳在解數學題的時候，也會把算式全部列出來，接著才寫答案，不是嗎？」沐荻伶耐著性子開導半信半疑的尤亞。

「現在夏冬青生病沒辦法外出，我們就得代替他完成算式的部分，這樣說妳能聽懂嗎？」

「可是把調查進度提前說出來的話，就一點都不酷……」

「尤亞的意思是說，我們很樂意幫忙！」李靜一把按住尤亞的嘴巴，趕忙說道。

「咕唔唔唔……！」

「……無所謂，我不在乎巧克力螺旋捲的意願。」夏冬青吐著灼熱的氣息，把目光從揮舞著雙手、不斷掙扎的尤亞身上移開，重新聚焦在沐荻伶的臉上。

「既然妳都趕過來了，就代表應該有找到什麼新線索，對吧？」

「比那更好。」沐荻伶微微一笑，等待尤亞和李靜分別在椅子和地板上坐下後，才緩緩開口。

「我先從夏冬青針對紙條做的推理開始說明吧……」

接下來的十分鐘，沐荻伶將夏冬青解碼的過程，以及最後決定轉為調查紙條本身的邏輯思路解釋了一遍，確定尤亞和李靜都聽懂後，才接著講述自己一整天下來的調查結果。

「首先，我找到人臉紙條的出處了。」沐荻伶抽出手機，在地圖上標出那間提供影印服務的文具店。

「地點是在這裡，一間不太起眼的文具店，和夏冬青推測的一樣，是間業務量稀少、影印機機型老舊的店。我當場試印了一張樣本，紙張上頭確實會留下卡墨的痕跡。」

沐荻伶從包包裡拿出摺疊好的影印紙，遞到夏冬青面前。

「……嗯，痕跡是一樣的。」夏冬青只看了一眼，就乾脆地點點頭，似乎沒有對這個結果感到意外，「除此之外，還有發現什麼嗎？」

「我還在影印機旁邊的廢紙簍裡撿到了這個。」沐荻伶緊接著拿出從紙簍裡搶救回來的碎紙片，將其拼好、平攤在手上，「我猜是散布紙條的人出於方便，隨手把人臉符號畫在上面之後，直接拿來複印。因為材質類似包裝紙，後面又有翅膀的圖案……」

「是『天使之翼』的包裝紙，對吧？」夏冬青看都沒看沐荻伶放在掌心的碎紙片，果斷說道，「運氣真不錯，居然在廢紙簍裡找到了，倒是省了不少調查的工夫。」

「答對了。」沐荻伶向夏冬青一眨眼，將疑似包裝紙的薄紙片以指尖捏起，露出印有羽翼圖案的那面，「我把這張紙上的圖案跟網路上的圖片做了比對，確定這就是『天使之翼』包裝紙的一部分。」

「咦？天使之翼是指那個……毒品的天使之翼？」尤亞縮了縮肩膀，聲音有些顫抖。

「對，就是妳知道的那個，會讓人產生『飛翔錯覺』的新型迷幻劑。」沐荻伶點點頭，正面肯定尤亞的詢問，「也是引發昨天跳樓事件的元凶。」

「等等，那些人臉紙條原來和天使之翼有關嗎？你們是怎麼知道的？」這下換李靜坐不住了，她稍稍向前傾過身，交互看著夏冬青和沐荻伶，「夏冬青怎麼……講得好像早就料到了一樣？」

「只是想到了這種可能性，就讓沐荻伶去查看看……這次運氣好，剛好猜中了而已。」夏冬青頓了頓，看到尤亞和李靜一副不信的樣子，旋即滿臉疲累地補上一句。

「我沒騙妳們，如果沐荻伶的調查結果沒辦法驗證這個假設，所有推論就得從頭來過……這只是一個試錯的過程，別想太多。」

「好吧，我們現在知道這兩件事存在著關係了，那接下來該怎麼辦？」頭一次經歷這類事件的李靜，一時間有點難接受現況，她緊皺眉頭，在雙膝前握住拳頭。

「要去報警嗎？那些大人會相信我們的話嗎？」

「不，我想應該不會吧。」沐荻伶苦笑著接口，「再怎麼說我們都還只是高中生，在掌握到確切證據之前，恐怕很難有什麼說服力。」

——當然，如果已經確認到散布紙條的人是誰，那就另當別論了。

沐荻伶偷偷瞄了李靜一眼，最後還是沒有把在文具店遇到李信的事當場說出來。

儘管兩人都是尤亞的好友，但她們其實在各方面都沒有太多交集，因此沐荻伶無法保證李靜聽到這個消息後會有什麼反應。

萬一李靜一轉頭就將這件事情告訴堂哥，可就不太妙了。

「那我們該怎麼辦？繼續調查，直到找到證據為止嗎？」尤亞忍不住舉手發問。

「關於這部分，夏冬青好像有些想法？」沐荻伶回過頭，望向無視周遭、開始閉目養神的夏冬青。

「他剛才跟我講電話的時候，有提到『去找尤亞幫忙』，感覺應該是想到了什麼？」

「真的嗎？阿青叫妳去找我幫忙？」聽到這句話，尤亞開心地坐直身體，「哎呀哎呀，阿青真是的，平常都嫌我煩，但其實心裡還是挺看重我的嘛！」

「……少自己往臉上貼金了。」夏冬青半睜著眼，淡淡說道，「會找妳，單純是因為妳看起來最閒而已。」

「欸?!好過分！」

「有件事情我想確認看看，是關於解碼那方面的。」撇下兀自露出受傷表情的尤亞，夏冬青看向床頭櫃上堆疊的人臉紙條，緩緩說道，「順利的話，說不定能搞懂那些紙條上面寫的是什麼……」

「解碼？可是阿青你剛剛不是說……目前還沒辦法解讀人臉符號嗎？」

「只要能確認某件事，就能解讀得出來。」夏冬青簡短回答，「但我需要妳們替我跑一趟學校。」

「要我們去學校？現在已經是傍晚了喔？」聽到這個要求，李靜忍不住提出質疑。

「傍晚才好，比較不容易引人注意。」夏冬青淡淡反駁，表情完全不像是在開玩笑，「妳不方便的話，我就讓沐荻伶和巧克力螺旋捲去。」

「你這傢伙……」

「先別著急。」見李靜有些惱火，沐荻伶迅速豎起手掌，不慌不忙地插入兩人的對話之中。

「夏冬青，我們當然願意幫忙調查，不過在出發之前，是不是能請你大致說明一下狀況呢？比如說，你是基於哪種假設，才需要我們去學校一趟？到學校之後又要做什麼？」

一提到「說明」兩個字，夏冬青的臉色就立刻難看了起來。他深深嘆了口氣，沉默好一會兒後，才重新抬起頭。

「首先，先假定人臉符號是一種『傳遞訊息用的暗號』，這點能夠理解吧？」

尤亞、李靜和沐荻伶很快交換了一個眼神，齊齊點了點頭。這點沒什麼好質疑的，如果不是為了傳遞訊息，實在很難想像會有人為了惡作劇而如此大費周章。

「妳們想想看，一般在什麼情況下，才會使用暗號來加密訊息？」

「那當然是……不想讓別人讀懂訊息內容的時候？」尤亞很快回答，「我看過很多電影裡有類似的劇情，像是……像是軍方的情報單位或是犯罪組織的成員，在傳遞訊息的時候都常常使用暗號。」

近年來有許多影視作品以「解碼」為核心來開展劇情，也難怪熱愛偵探動畫和諜報動作片的尤亞會如此印象深刻。

夏冬青緩緩點頭，緊接著拋出下個問題。

「會在那種情況下使用暗號，多半是為了避免竊聽或情報外洩，但這次不一樣，犯人明顯是有意識地在『大量散布』這些加密訊息。如果是為了避免情報外洩，大可使用更隱密的做法——比如私下交付紙條，或是乾脆用手機傳訊息之類的。然而對方卻沒有這麼做，妳們有想過是為什麼嗎？」

尤亞和李靜同時搖頭，沐荻伶卻在此刻陷入沉思。

根據夏冬青常用的「若非A，則為B」的常態邏輯推理來看，犯人選擇使用大量散布紙條的方式來傳遞加密訊息，肯定有其原因。只要找到這個問題的解答，說不定就能更接近事件的真相了。

「會不會是……犯人除了想隱藏訊息內容以外，還想向連絡對象隱藏自己的身分？」

聽到沐荻伶這個無比慎重的推論，夏冬青目光一閃，勾起帶有讚賞意味的淡淡笑容。

「繼續說，沐荻伶。」

「明明能用更簡便、更隱密的方式來傳遞訊息，犯人卻偏偏選了這種大張旗鼓的方式，簡直就像是要讓所有人都能看到一樣。」沐荻伶一邊思考，一邊緩緩說道，「『讓所有人都能看到這些訊息』，這說不定就是他的目的。這麼一來，就算不親自接觸連絡人，也能順利傳遞加密訊息。」

「準確來說，這麼做也能消除『留下接觸證據』的可能性。」沒有理會尤亞「咦咦？難道小伶搶在大神探尤亞之前突破盲點了嗎？」的哀嚎，夏冬青咳了兩聲，才撐著略顯沙啞的嗓音補充道。

「不管是用手機連絡，還是郵寄、私下交付書信，都會形成可追查的『接觸證據』。像是對話記錄、郵戳，甚至是雙方見面時不小心被監視錄影器拍到，在現代科技的輔助下，要掌握這類證據，其實遠比想像中容易。」

「意思是說，那個散布人臉紙條的人，一直在極力避免自己的身分曝光囉？」尤亞點著下巴，歪頭喃喃自語，「紙條上到底寫了什麼，讓他一定要搞得這麼神祕啊……」

「那個部分晚點再說。」夏冬青淡淡表示，轉而將話題帶往另一個方向。

「從紙條散布的範圍來看，妳們認為犯人想連絡的對象是誰？」

「那當然是茗川高中的某個人了。」李靜很快回答，「畢竟紙條出現的位置是我們學校操場，合理判斷他想連絡的對象，應該是茗川高中師生裡的某人……不，也有可能是一群人？」

「想清楚，會出入茗川高中操場的，可不只有老師和學生而已。」夏冬青半閉著眼，低聲提醒。

「喔喔，還有假日和傍晚來學校運動的校外人士，這陣子參與舊校舍翻新工程的工人，還有……還有……」李靜掰著手指，逐一列出經常出入操場的人員名單。

「還有警衛！」尤亞靈機一動，之前被校警驅趕的怨氣再度湧上心頭，「那個死胖子，下次再被我遇到，我一定直接賞他個牙通牙……」

「牙通牙？那是什麼？」

「忍者漫畫裡面跟狗狗一起用的合體技，就像這樣，人跟狗一起旋轉……」

「呃……好喔。」

「……」夏冬青無言地看了看當場開始表演牙通牙的尤亞，再看看明顯後悔問了這個問題的李靜，最後默默將目光轉向沐荻伶。

「別這樣看我，夏冬青，我相信她們早晚會派上用場的。」沐荻伶別開眼神，展開一抹僵硬的微笑，「應該啦。」

「應該嗎……」夏冬青忍住一聲嘆息，臉色比起平時更顯疲倦。

「學生、老師、校外人士、工人和警衛……妳們說得沒錯，人臉紙條能接觸到的對象，差不多就是這些了。」

「所以目前已知的事情有──犯人藉由紙條傳遞訊息的目的，還有接收訊息的可能對象。」沐荻伶依序豎起左手和右手的食指，簡單總結道。

「這和你一開始說的、有關解碼的線索有什麼關係嗎？」

「當然有。」或許是因為一口氣講了太多話的緣故，夏冬青稍微停了一下才重新開口，「還記得我上次提出的疑點……『哭臉符號出現的頻率很不尋常』嗎？」

「記得。」沐荻伶點點頭，剛剛向尤亞和李靜說明情況時，她就有提到過這件事，但當時只是大略帶過，沒有進一步探討。

「沒記錯的話，那個符號有時候會出現很多次，有時候卻只出現一、兩次，並不符合任何語言的拼字規律，對吧？」

「嗯，正確來說，是有五種次數在循環，分別是『一、二、三』和『十一、十二』。」夏冬青準確地說出連沐荻伶都有些記不清的數字組合，眼中靜靜燃起一簇火光。

「這樣的出現頻率，確實和任何語言的拼字法都對不上。但如果換個方向解讀，不把加密的訊息內容看成文字，而是別的東西，或許就說得通了。」

「別的東西？有什麼東西會頻繁用到這幾個數字嗎？」李靜緊皺眉頭，似乎無法認同這個想法。

對此，夏冬青沒有多做解釋，只是靜靜舉起手，指向牆上的掛鐘。

「……時間嗎？」沐荻伶掩住嘴唇，思緒在這個提示下全速飛馳。

「如果紙條上的暗號指的是時間的話，一、二、三、十一、十二確實是連著用的，只是順序需要換一下。」

「像是十一點、十二點，然後一點、兩點、三點這樣嗎？」尤亞盯著掛鐘的刻度，仔細算了算，「總共五種時段，或者該說是十種？因為有上午、下午的分別……」

「考慮到犯人明顯是想掩人耳目，這邊指的多半不是正中午……而是半夜的十一、十二點，還有凌晨的一點到三點。」夏冬青順勢接口，「散布紙條的人多半是透過這個加密訊息，要求某人在指定的時間段去做某件事情。」

「要求某個人去做事情？那會是誰啊？」

「學生、老師、校外人士、工人、警衛，這些會出入校園的人裡面，只有一種人，可以理所當然地在學校待到半夜。」

「是……警衛嗎？」在如此明顯的提示下，尤亞才終於反應過來。

「沒錯，基於這個假設，我在沐荻伶去調查影印店的這段期間，到學校官網搜尋了近幾週值班警衛的班表。」夏冬青拿出自己的手機，在面前晃了晃。

「人臉紙條出現的日期，和某個警衛夜班輪值的時間完全一致。換句話說，紙條只會在那位校警值夜班的時候出現……」

夏冬青稍微操作網頁頁面，將那個警衛的個人資料叫了出來。

「就是這個人。」

「啊！是那個死胖子！」尤亞一看到螢幕上顯示的大頭照，就忍不住大叫出來，「早知道那個時候就直接給他一發牙通牙……」

「難怪他最近一直來操場巡邏，原來是為了找紙條嗎？」想起自己不久前還誇過這位校警「很認真」，一滴汗水從李靜的額前滑落，「可是，連絡校警是想要做什麼呢？」

「那當然是請他幫忙做『只有值班警衛才能做到的事』了。」夏冬青以就事論事的語氣說道，「妳們仔細想想，哪些事情是在校警的職責範圍內？」

「要管控人員的進出、校門的開關、包裹收發……」

「還有監視攝影系統。」沒等尤亞慢慢算完，沐荻伶就果斷插話。

「既然散布紙條的人這麼極力避免和連絡對象接觸，理論上就不可能讓對方做一些會暴露自己身分的事，比如拿貨、協助進出，或是擔任交易的中間人。」

「這樣算起來，好像就只剩下……」

「唯一能做的，就是在指定時間關閉監視錄影系統了。」夏冬青再次打斷尤亞，緊接著繼續說下去，「推測紙條上用哭臉符號標示的時間，就是要求警衛『在這個時候關掉某處的監視器』，好讓犯人能夠趁著夜色偷偷進入學校。」

「跑進學校要做什麼啊？」少根筋的尤亞忍不住追問，「大半夜的，也不能偷窺女高中生換衣服啊？」

「這部分就得等妳們從學校回來才能確認了。」夏冬青合攏手掌，淡淡說道，「就算再怎麼合情合理，只要沒有證據支持，理論就終究還是理論，沒辦法從『假設』變成『真相』。」

「那麼，夏冬青，你需要我們去學校做怎樣的調查？」沐荻伶坐直身體，提出一個相當實際的問題。

夏冬青沒有馬上回答，而是遞出顯示茗川高中平面圖的手機，指了指圖面右下角的某處，「去警衛室調閱監視錄影畫面，看看這一帶的監視器有沒有被關閉的記錄，順便核對一下日期和時間，是不是和人臉紙條上標示的時間相符。」

「可是，警衛會讓我們進去看監視錄影畫面嗎？」尤亞舉起手，有些猶豫地發問，「我們只是普通學生，應該沒有調閱監視器的權限吧？」

「當然沒有，所以我才需要沐荻伶以外的人幫忙。」夏冬青閉上眼，抑制住太陽穴傳來的隱隱抽痛。

「必須要有人負責把警衛引開，讓另一個人進入警衛室調查。」

「就像劫盜片那樣？」想到好萊塢電影裡的精彩情節，尤亞立刻興奮起來。

夏冬青沉默一秒，才半放棄似地點點頭，「……對，就像劫盜片那樣。」

「停在那邊，我加入！」尤亞挺起胸膛，模仿超級英雄電影的臺詞做出宣言。

「身為我的好伙伴的小靜，當然也會一起來幫忙！對吧，小靜？」

「我不……唉，好吧。」原本還想說點什麼的李靜，在尤亞不由分說的眼神威逼下，還是乖乖點頭答應。

「沐荻伶，這個妳拿著。」在女孩們紛紛起身、準備前往學校的時候，夏冬青再次從床頭櫃上、雜亂的紙堆中抽出一張筆記紙，將之交付在沐荻伶手中。

「這是我根據新聞社的記錄整理出來的人臉紙條出現日期，還有每次哭臉符號所標示的時間點。」

「要我拿著這個去核對學校的監視器，是嗎？」沐荻伶淺淺一笑，把筆記紙摺好，收入口袋。

「有什麼狀況就馬上連絡我。」夏冬青面露嚴肅地提醒，「這次跟之前不一樣，就算只是調查，恐怕也會有一定的危險性。」

「明白了，你在家裡好好休息吧。」沐荻伶跟著收起笑容，緩緩點頭。

「小伶，我們要出發囉？」已經離開房內的尤亞從門板後探出頭，朝沐荻伶喊道，「我先陪小靜去便利商店一趟，妳等等記得來那邊找我們喔。」

「好，馬上來。」沐荻伶應了一聲，等到門板再度關上後，才稍稍挑起眉毛。

「你好像還有什麼話想說？」

「……不，沒什麼。」夏冬青剛剛還以狐疑的眼神打量著沐荻伶，他搖搖頭，脫力地垂下肩膀。

「妳走吧，別讓那兩個人單獨行動。」

「嗯，那就回頭見了。」沐荻伶重新將頭上的帽子戴好，順手整理了下衣襬，接著舉步走向門口。

「沐荻伶。」沒等女孩打開房門，夏冬青又驀然開口。

「……什麼事？」沐荻伶側過頭，從這個角度無法看清夏冬青藏在瀏海下的表情，因此無法判斷對方喊住自己的意圖。

雖然沒有像尤亞那種近乎氾濫的少女心，但沐荻伶還是挺好奇平常連話都懶得多說兩句的夏冬青，究竟是基於什麼原因，才會在兩人獨處的時候特地把她攔下來。

「謝謝妳。」夏冬青淡淡說道。

「如果沒有妳來幫忙，我到現在可能都還卡在解碼的地方，沒辦法注意到更多線索。」

「這就是所謂推理的死角嗎？」沐荻伶輕巧地接過話頭，向夏冬青淺淺一笑。

「別客氣，畢竟是我自己要求要幫忙的，而且目前也還沒找到什麼有力的證據。要謝的話，等把真相查清楚後再說吧。」

「……也是。」夏冬青抬起頭，長長吁了口氣。

「先這樣吧，我差不多到極限了……」

剛才那番推理似乎耗去男孩不少心神，他的身體因為高燒而微微發抖，雙眼也透出濃濃的倦意，要不是還有背後的牆壁支撐，他恐怕已經整個人躺倒在床上了。

「我們會盡快回來的，你專心休息吧。」沐荻伶走上前，扶著夏冬青的肩膀，讓他躺入被窩，「如果有什麼想吃的可以告訴我，我回程時順便買回來。」

「隨便什麼東西都可以……」夏冬青閉上眼睛，以微弱卻穩定的語調喃喃說道，「謝了……沐荻伶……」

下一秒，夏冬青就一如往常地陷入沉睡，就算沐荻伶伸手撫上他的額頭，他都沒有醒來。

「沒想到你也有坦率的一面。」沐荻伶低聲呢喃，感受掌心傳來的滾燙溫度。

「趕快好起來吧，大偵探。」

◆

「這裡是零號幹員尤亞，左翼安全，Over。」藏身於轉角處的尤亞壓低帽簷，對著衣領內根本不存在的微型對講機送出報告。

「我開始有點後悔跟著一起來了。」李靜掩住臉，恨不得當場挖個洞鑽進去。

「沒關係啦，她開心就好。」報童帽被尤亞擅自拿去戴的沐荻伶露出苦笑，用指尖梳理有些散亂的長髮。

經過十分鐘的徒步行走，茗川高中的校門已經近在眼前，從三人所處的位置望去，甚至能看到身形肥胖的警衛正在警衛室裡打著呵欠。

「幹員尤亞發現目標，請求實行攻堅行動，Over。」尤亞抽了口當然也不存在的香菸，越過牆角，窺探警衛室內的情況。

「確認攻堅請求獲准，倒數十秒後開始行動。十、九、八……」

「好了尤亞，別玩了。」

「嗚哇！」原本還裝模作樣地縮在牆角的尤亞，被李靜一把扯了出來，踉踉蹌蹌地來到人行道中央。

「既然要做，就別浪費時間搞些有的沒的，看起來有夠可疑的。」不顧尤亞「還給我！還給我！」的哭喊，李靜俐落地搶過她頭上的帽子，交還到沐荻伶手上。

「趁現在附近沒什麼人，趕快把事情搞定吧。」

「嗯。按照計畫，我會在這邊等到妳們把警衛引開再過去。」沐荻伶重新戴好報童帽，並把帽簷壓到最低，「如果真的拖不住，可以打電話到我的手機，鈴聲一響，我就會知道需要撤退了。」

「了解。」李靜豎起拇指，稍微舒展了下肩頸處的筋骨後，便拖著尤亞往警衛室前進。

「走了，零號幹員尤亞，妳最愛的調虎離山之計要來囉。」

「這樣普通地走過去一點都不帥……人家要戴小伶的帽子，像情報員一樣偷偷潛進去……」

「那樣做看起來只會更可疑而已。駁回。」

「嗚嗚嗚……」

沐荻伶在轉角靜候片刻，等待李靜和尤亞以「不好了！我們剛剛看到有個可疑男子，他在嘗試翻越體育器材倉庫那邊的鐵絲網，好像想從那邊溜進學校欸！」為理由將校警帶離後，才從轉角處走出，來到空無一人的警衛室內。

「那麼，結果究竟如何呢？」沐荻伶在手邊攤開寫有人臉紙條出現日期的筆記紙，連點滑鼠，從警衛室的電腦裡叫出近幾週以來的監視錄影記錄。

另一邊，尤亞和李靜則領著校警，往遠離校門的體育器材倉庫走去。

經過「櫻樹下的幽靈」事件後，她們已經知道那附近並沒有設置監視器，想掌握狀況，就只能親身到現場檢查，再加上需要橫跨整個校園的距離，這讓體育器材倉庫成為實行調虎離山之計的絕佳地點。

「喂，妳們是什麼時候看到有人在那邊翻牆的？」跟在兩人後頭的胖警衛粗聲粗氣地問道。

「大概八、九分鐘前吧？」李靜縮起肩膀，裝出擔心的模樣，「我們是從鐵絲網外側看到他往校內翻的，所以沒看到臉，只知道是個男的。」

「一個男的啊……」警衛咕噥了一聲，情緒明顯有些煩躁，「妳們怎麼沒找其他路人幫忙？附近都沒有人嗎？」

「那時候剛好沒有其他人在體育倉庫旁邊，我們很害怕，只好趕快跑到警衛室求救。」尤亞可憐兮兮地眨著眼，在胸前合攏手掌，「警衛叔叔，你要保護我們喔？」

警衛隨口哼了一聲，完全沒把尤亞的軟語請求放在眼裡，讓後者氣得牙癢癢的，恨不得當場就兌現承諾，直接往他臉上來一記牙通牙。

「到了，就是這邊……」李靜帶頭步出小徑，一行人再次來到熟悉的鐵絲圍籬前。

出乎意料的是，體育器材倉庫前有個身穿球衣的高大男生，正坐在水泥臺階上喝著瓶裝水，一副剛結束練習、來歸還器材的樣子。

——這下尷尬了。

尤亞和李靜互望了一眼，不約而同地吞了吞口水。

那是她們班上的體育股長、在籃球校隊司職前鋒的金髮帥哥。前陣子搞丟班費的時候，他因為自稱能徒手爬上三樓而備受注目。

——怎麼偏偏在這個時候遇上了。

負責領路的李靜不禁暗暗叫苦，正想回頭攔下警衛時，卻被對方一把推開。

「喂！就是你嗎？爬牆跑進來的傢伙！」

金髮男孩聞聲抬頭，滿臉疑惑地看著警衛邁開大步、氣勢洶洶地直逼面前。

「爬牆？什麼意思？」

「別給我裝傻！剛剛這兩個女生跑來找我求救，說有個可疑男子翻牆跑進校內，那個人就是你吧！」

「呃……我只是來還籃球隊借的器材，其他什麼都不知道。」面對直指自己鼻尖的塑膠棍，金髮男孩苦笑著舉起雙手，「大概五分鐘前我們才剛結束練球，我是從籃球場走過來的，不信的話可以去問球隊的其他人，他們可以幫我作證。」

「真的嗎？」警衛狐疑地抖動嘴角，僵持了好一會兒，才緩緩將棍子放下。

「那你有看到哪個人從這邊經過嗎？」

「沒有。」金髮男孩老實回答，「我坐在這邊一陣子了，這段期間都沒有人經過。」

「嗯？」聽到這句話，警衛立刻凶神惡煞地瞪向尤亞，一條青筋隱隱在他的太陽穴上跳動，「妳們該不會是在耍我吧？」

「怎、怎麼會呢？」尤亞強笑著別開眼神，語氣卻有些心虛，「我們是真的有看到……一個男的……」

「一個男的？」

「那個……從學校外面……翻進來……」

隨著尤亞的語尾逐漸減弱，警衛的眉毛也愈抬愈高。當現場溫度幾乎要降到冰點時，一道熟悉的嗓音從眾人身後驀然響起。

「那個男人最後沒有成功翻進來，我剛才看到了。」

「小、小伶？」尤亞急急回過頭，沐荻伶的身影旋即映入眼簾。

「妳說妳有看到那個可疑男子在爬這邊的圍籬？」警衛舉起棍子，敲敲一旁的鐵絲圍籬，清脆的匡噹聲響立刻迴盪在眾人的耳際。

「是的，他大概七、八分鐘前就離開了，剛好和這位同學抵達的時間錯開。」沐荻伶微笑著，用手掌比了比金髮男孩。

「我想就是因為這樣，他才會什麼都沒看到。」

「這樣嗎……」警衛從鼻孔噴了口氣，大搖大擺地穿過小徑，來到體育器材倉庫前。

他打量面前的圍籬幾眼，又拿棍子往鐵絲網四角亂敲一通，最後還是沒什麼都沒查到，只好悶悶地原路返回。

「算了，沒事就好，我回去了。」

「您辛苦了。」沐荻伶機靈地稍稍躬身，讓警衛從身旁經過。

尤亞和李靜見狀也連忙縮起脖子，像剛挨完罵的小孩般低下頭。

滿臉神氣的警衛就在女孩們一致恭送下，大步離開體育器材倉庫，往校門的方向而去。

「雖然不知道是怎麼回事，總之辛苦了。」金髮男孩聳聳肩，單手撐住地面，「嘿咻」地站起身，向尤亞等人揮手道別。

等到金髮男孩的背影也消失在轉角後，尤亞和李靜的目光立刻齊齊轉向沐荻伶。

「成功了。」沐荻伶微笑著捏起指尖，比了個「OK」的手勢。

◆

「夏冬青猜得沒錯，每次只要有人臉紙條出現，操場附近的監視錄影就會有長達一個小時的檔案缺失，而且和哭臉符號提示的時段完全吻合。」沐荻伶攪動在咖啡裡漂浮著的冰塊，冷靜地說道。

三人正坐在學校附近的咖啡廳裡稍事休息，除了情緒依舊平穩的沐荻伶外，尤亞和李靜都明顯有些焦躁。

剛剛要不是沐荻伶及時趕到，她們的謊言恐怕會被當場拆穿，真變成那樣的話，情況可就相當不妙了。謊報案情的後果，輕則被視為惡作劇、遭到教師們的訓斥，重則可能得依照校規處分，到時要全身而退可就難了。

兩人身上分別背負著田徑隊和動物救援社的職責，要是一個沒搞好，被校方禁止參與社團活動，那包括波可和小鐵在內，失去照顧者的動物們，以及田徑隊產生的比賽缺額，就都是她們必須要自行承擔的責任了。

一想到這邊，尤亞就不禁在內心大罵先前抱著輕浮心態的自己。

「沐荻伶同學……怎麼能這麼冷靜？」李靜盯著面前沒動過半口的飲料，過了半晌才擠出一句話。

「嗯？」沐荻伶淺笑著轉過目光，望向魂不守舍的馬尾女孩，「妳是指哪方面？」

「剛剛我們撒的謊快要被戳破的時候，妳不是及時趕來圓場嗎？」李靜嘆了口氣，將臉頰靠在拳頭上，「我那時候就覺得妳未免也太冷靜了，簡直就像一切都還在掌握之中一樣。」

「嗯，畢竟小伶可是專業的呢。」尤亞涼涼地補了一句，順手用指尖彈飛玻璃杯上的小水珠。

「專業的？什麼意思？」

「沒什麼。」沐荻伶迅速接過話頭，沒讓滿臉疑惑的李靜繼續追問下去。

「夏冬青，我有個問題想問。」

『……什麼問題？』夏冬青的聲音從尤亞平放在桌面上、套著兔耳保護殼的手機傳來。

在尤亞的堅持下，原本在家休息的夏冬青被一陣奪命連環Call挖了起來，折騰了半天，才百般不情願地加入這場臨時召開的小組會議。

「為什麼你會知道哪一帶的監視器會有被關閉的記錄？」沐荻伶單刀直入地拋出疑問，「我剛剛確認過了，學校的監視錄影真的就像你說的那樣，只有操場附近某一帶有缺失記錄。你是怎麼在我們過去調查之前就知道這件事的？」

『我隨便猜的。』夏冬青嘆了口氣，似乎不想在這邊多做解釋，『真的這麼說的話……妳們願意接受嗎？』

「當然！不願意了！」尤亞獰笑著湊近手機，以充滿威脅性的語氣輕聲說道，「要是不好好從實招來的話，我之後就天天去你家按門鈴喔，阿青～」

『千萬不要。』聽到這句頗具實感的威脅，夏冬青也只得乖乖就範。他稍微頓了頓，才以略帶倦意的聲音說：『原本……真的只是一個帶點賭博性質的假設，直到沐荻伶帶回那張『天使之翼』的包裝紙碎片後，這種可能性才慢慢確定下來。』

「『天使之翼』的包裝紙碎片？這和學校的監視錄影系統有什麼關係嗎？」李靜聽到這邊仍然一頭霧水。

『妳們應該知道吧？畢竟新聞一直有在報導……』夏冬青輕咳了一聲，聽起來似乎有些難受，『那個頭號嫌疑犯之所以沒有被起訴，就是因為剩餘的「天使之翼」一直沒被警方找到……』

「啊，這部分我有查到。」白天才用手機找過資料的尤亞馬上發言，「好像是被那個叫做『蝌蚪』的男人藏到別的地方去了，只不過他做事很謹慎，警察調查了半天，還是沒有找到有力的證據。」

『那麼，剩餘的毒品……妳們認為會藏在哪裡？』

曾經或多或少地調查過「天使之翼」事件的三名女孩，在這句提問下，不約而同地陷入沉默。

綜合目前已知的所有線索，已經能歸納出大致的方向——首先，在茗川高中散布紙條的「某人」，是以暗號的方式，指示學校警衛在特定時間關閉「某地」的監視器。至於他行事如此謹慎的原因，就是為了避免留下任何證據。

其次，根據沐荻伶從字紙簍裡撿回的碎紙片判斷，此事件和「天使之翼」相關的可能性極高，夏冬青剛剛的問題也在提示著這點。

最後，身為「天使之翼」一案的嫌疑人，那個叫做蝌蚪的男人之所以能逃過法律的制裁，正是因為做為重要證據的「天使之翼」，始終沒有被警方找到。

如果那些藥品沒有遭到銷毀，而是藏在嫌犯住家以外的某處的話……

「你的意思是說……剩下的『天使之翼』，其實一直藏在我們學校的某個地方嗎？」沐荻伶斟酌著措辭，緩緩說道。

三人互相交換眼神，一下子說不出半句話來。

周圍的空氣像是凝結了一般，瀰漫著令人窒息的氣氛。

「可是，我們學校有地方可以藏東西嗎？」尤亞扶著額頭，提出質疑，「妳看，不管是教室、廁所還是辦公室，到處都有學生跟老師走來走去。要是真的把東西藏在學校裡，感覺一下子就會被發現了。」

「不對，其實是有的。」心裡大致有了底的沐荻伶很快接口，「有個地方，學生和老師平常不會經過，還有鐵皮圍籬的保護……」

「舊校舍翻新的工地嗎？」李靜愣了愣，聲音有些顫抖，「妳想說，那些剩餘的『天使之翼』，其實就藏在舊校舍工地裡？」

「原來如此……所以才要我調閱那附近的監視錄影器嗎？」推敲到這邊，沐荻伶終於明白了夏冬青的用意。她望向平放在桌面上的手機，微微挑起眉梢，「我們猜得沒錯吧？夏冬青。」

『嗯，大致就是這樣。』電話另一頭的夏冬青淡然答道，『所以接下來，妳們可能得再去那間文具店一趟。』

「要做什麼?」

『去查清楚那個製作紙條的人是誰。』夏冬青很快表示。

『既然能把學校工地當作藏匿毒品的據點，就代表一定有工程公司的相關人員涉入其中……我想多半和負責製作、散布紙條的是同一個人。』

「我能問問你這麼推測的原因嗎?」深知不這麼說，夏冬青就不會詳加解釋的沐荻伶立刻追問。

『以那個嫌犯的謹慎程度來說，不太可能由他來擔任這個角色……畢竟混入校園，或是親自和影印業的店員接觸，都有留下證據的風險。』夏冬青相當難得地仔細分析道。

『不過，如果是由某個代理人來處理這些事情，一切就會變得容易很多——比如施工現場的主管階級人物，那種人不但能隨時掌控工地現場，讓藏匿毒品的地點不被發現，也能在出入施工區域時，自然地把紙條散布在操場四周，是執行這些事的頭號嫌疑人。』

「所以我們要怎麼從文具店那裡找出負責影印紙條的人啊?」尤亞緊接著舉手發問，「要像新聞社那樣全天候盯梢嗎?會不會太沒效率了?」

「不用做到那個程度吧?」李靜無奈地接口，對好友無比遲鈍的思考迴路大為搖頭，「可以像這次一樣，把店員支開之後，偷看店裡的監視錄影記錄，或是乾脆口頭詢問，應該也是行得通的。」

「啊，對喔。」

「不過今天已經有點晚了，要搞那些還是得等到明天……應該沒關係吧？夏冬青？」李靜確認般地問了一句，很快便得到男孩「無所謂」的回應。

「看來又到了零號幹員尤亞大展身手的時候了呢，哼哼。」尤亞抽了口並不存在的香菸，露出充滿餘裕的笑容。

過了一會兒，她才發現坐在對面的沐荻伶遲遲沒有開口表態，於是伸出手在長髮女孩面前揮了揮。

「小伶？妳還好嗎？是不是有哪裡不舒服？還是被阿青傳染嗜睡症了？」

「……沒什麼。」沐荻伶笑了笑，神情很快轉為平淡。

「不過，我想我們應該不用特地跑一趟文具店了。」

「咦？為什麼？」尤亞疑惑地偏頭。

「因為我去那邊調查的時候，其實已經看到那個人的臉了。」

「喔喔，原來是這樣啊……欸？等等，可是……那個……欸欸欸！」尤亞語無倫次了好一會兒，才總算反應過來。

「意思是說，小伶打從一開始就知道散布紙條的人是誰了？為什麼不早點告訴我們？」

「也沒有打從一開始就知道啦。」沐荻伶輕笑著搖搖頭，將目光轉到顯示「通訊中」的手機螢幕上，「我原本是不打算在這邊把那個人的身分說出來的，但因為夏冬青已經很接近答案了，所以……」

「所以那個人是誰？真的跟阿青說的一樣，是工地裡的主管階級人物嗎？我們看過嗎？」好奇心被徹底激起的尤亞立刻向前傾身，連珠炮似地發問，「既然小伶說阿青已經很接近答案了，就代表妳其實認識他，對不對？」

「別急，尤亞，先聽我說完。」沐荻伶豎起手掌，安撫不斷嚷著「告訴我！快告訴我！」的尤亞。

「我有稍微跟文具店老闆娘聊過，她說有個年輕人每隔幾天就會來印這些紙條。當我想要問得更深入一點的時候，那個老闆娘口中的『年輕人』剛好來店裡複印紙條，我就是在那個時候看到他的臉的。」

「所以是誰？快說快說！」

沒有理會尤亞滿懷期待的眼神，沐荻伶逕自轉向李靜，直勾勾地望著她的雙眼。

「抱歉。」

「為什麼突然道歉？」李靜皺起眉頭，有些不安地握緊雙手。

「我沒有立刻把那個人的身分說出來，就是為了避免現在這種狀況……不過都走到這一步了，就算我不說，妳之後應該也會知道吧。」沐荻伶在這邊稍微停了停，臉色一正。

「那個出現在文具店複印紙條的人，就是妳的堂哥，李信。」

第 5 章

惡魔符號與天使翅膀（五）

「阿青，我們進來囉？」沐荻伶拿出鑰匙開鎖後，尤亞輕推門板，兩人先後踏入一片寂靜的房間內。

「好暗，阿青你怎麼沒開燈啊？」

「他應該在睡覺。」沐荻伶按下房門旁的電燈開關，讓日光燈的亮光驅散籠罩於室內的黑暗。

「阿青，起床囉，我們幫你帶晚餐回來了。」尤亞快手快腳地脫下鞋，筆直來到單人床旁，用力推了推在被窩裡沉睡著的夏冬青，「別睡了，粥要冷掉了喔？」

「尤亞，別推他，他可能還在發燒。」沐荻伶把裝著熱粥的紙碗從塑膠袋中取出，放在充當隔熱墊的厚紙板上，接著清開一片凌亂的書桌，將兩者一起安置在桌面中央。

「怎麼可能還在燒，他剛剛挺有精神的欸……好燙！」不信邪的尤亞才剛把手掌貼到夏冬青的額前，就忍不住瞪大眼睛，「這個溫度，都快可以煎東西來吃了！別死啊，阿青！」

「……才沒這麼容易死。」夏冬青緩緩睜開雙眼，沒好氣地撥開尤亞的手掌。

「別在我耳朵旁邊大叫，很吵……」

「能坐起來嗎？」沐荻伶打開碗蓋，用手搧了搧，讓熱粥的香氣四處散溢，「如果還是很不舒服的話，要不要讓尤亞餵你？」

「別。」夏冬青簡短答道，「讓她餵才是真的會被燙死。」

「什麼嘛，這麼不相信人家。」尤亞頗不服氣地鼓起臉頰，抄起手邊的湯匙就往夏冬青的臉上猛戳，「來，啊——」

「……我能把粥倒到這傢伙的臉上嗎？」

「不行。」沐荻伶展開完美無缺的微笑，從書桌旁轉過身來。

「要是弄翻的話，清理起來會很麻煩，你還是乖乖坐到這邊吃吧。」

「……好吧。」夏冬青像是感到可惜般地嘆了口氣，扶著床沿坐起身來。

當棉被從身上滑落，他的肩膀就因為畏寒而隱隱顫抖，臉龐也在高燒的作用下浮現淡淡紅暈。

「阿青，你還好嗎？」見夏冬青的狀態如此糟糕，就連尤亞也不禁露出擔心的表情。

「我沒事……就是覺得……有點累……」夏冬青扶著額頭，等待殘留在腦門的暈眩感完全褪去，才重新睜開雙眼，「妳們把粥放在哪裡……？」

「手給我。」沐荻伶伸手扶住夏冬青的臂膀，讓他能好好越過房間，坐到書桌前，「趕快吃完、回去床上休息。我來幫你弄個冰敷袋。」

「如果需要別人餵，我真的可以幫忙喔？」尤亞好心地提議，卻被夏冬青毫不猶豫地揮手拒絕。

看著連握穩湯匙都有些費力的男孩，尤亞和沐荻伶暗暗交換了一個眼神，同時搖了搖頭。

原本她們是打算回來徵詢夏冬青的意見，看看接下來該怎麼做的，但連日的消耗似乎已經讓夏冬青的體力完全見底。現在最好還是先讓他好好休息，之後再來討論這件事的後續。

兩名女孩就這麼靜靜守在一旁，等待夏冬青把碗裡的熱粥吃完，才重新把他送回床上。

望著夏冬青比平時更顯疲累的睡臉，尤亞和沐荻伶各自找了個位子坐下，默默看顧這個曾在各方面對她們伸出過援手的男孩。

即便是在身體抱恙的時刻，他也沒有拒絕兩人的請求，反而傾盡全力破解人臉符號的謎團，就像遭遇「幽靈」以及「借物靈」時那樣，不疾不徐、無比穩當。尋找問題的最佳解法的同時，也將當事人穩穩護在身後，不讓她們因此受到傷害。

這或許就是……那個怕麻煩的男孩表達溫柔的方式。

那麼，在夏冬青陷入沉睡的此刻，就輪到自己來守護他了——

這樣的想法，讓尤亞和沐荻伶不約而同地選擇留下，在寂靜中等待時間流逝。

然而室內靜謐的氣氛，讓兩名女孩的眼皮漸趨沉重，一整天東奔西跑所累積的疲勞也如實反映在身體上。沒過多久，尤亞和沐荻伶就分別靠著桌面與床腳，閉上雙眼，緩緩沉入夢鄉。

許久之後，沐荻伶才在沁入領口的寒意干擾下，模模糊糊地取回意識。

睡姿不良造成的鈍重感殘留在太陽穴，讓她的腦門隱隱作痛。沐荻伶扶著額角直起身，抬眼掃視昏暗的室內。

尤亞正以幸福的睡臉趴在書桌上，一邊流著口水，一邊喃喃說著「不行了，再也吃不下了」之類的夢話，看起來一時半刻是不會清醒的。夏冬青則依舊安穩地躺在床上，從他規律的鼻息來判斷，原先纏人的高燒應該稍微退了一點，至少病情不至於會繼續惡化了。

放下半顆心的沐荻伶看了看手機上顯示的時間，不禁暗叫不妙。

現在已經逼近午夜，早就不是兩個高中女生可以待在外頭的時間了。自己也就算了，家中規矩聽說頗為嚴格的尤亞，要是到了半夜還沒回家，可想而知她的父母會有多擔心。

唯一值得慶幸的是夏冬青的狀況似乎穩定下來了，接下來就算沒有她們在一旁看顧，只要好好休息，應該也會慢慢退燒。

為了確定這件事，沐荻伶回過身，將手掌平貼在夏冬青的額前。雖然仍有些許發熱，但和一開始那嚇人的溫度相比，已經冷卻了不少，應該不用太過掛心了。

「尤亞、尤亞？」沐荻伶悄悄站起身，來到桌邊，推了推尤亞的肩膀，「已經很晚了，我們該回去囉？」

「再、再讓我吃一個楓糖可頌就好⋯⋯」剛剛還宣稱「再也吃不下」的尤亞蠕動著嘴唇，擺出準備大嚼特嚼的表情。

眼看尤亞絲毫沒有要從美夢中醒來的意思，沐荻伶只好湊到她耳邊，如同惡魔般輕聲低語。

「吃這麼多會變胖的喔？」

「嚇！」聽到這句話，尤亞立刻睜開雙眼，整個人猛地彈起。

「可頌……可頌才不胖！不過是區區的精緻澱粉……能叫做胖嗎？」

「精緻澱粉應該是最胖的吧。」沐荻伶貼心地提供一個小知識，順手將顯示著時間的手機遞到尤亞的面前。

「已經這個時間了喔？妳家裡沒問題……嗯，不用解釋，我明白了。」

儘管沒有馬上得到回覆，但光是看到尤亞瞬間石化的反應，沐荻伶就大致掌握了狀況。

當她收起手機、打算帶著尤亞離開時，放在床頭櫃上的桌燈就先一步亮了起來。

「現在幾點了……」睡眼惺忪地夏冬青撐起上身，緩緩吐了口氣。

「再過十幾分鐘就十二點了。」沐荻伶苦笑著回答。

「妳們這個時間還沒回去……沒關係嗎？」夏冬青撇了仍舊處於石化狀態的尤亞一眼，皺起眉頭。

「我我我我家的門禁時間是晚上九點！」尤亞顫抖著嘴唇，露出大事不妙的表情，

「現現現在回去的話，應該還來得及！」

「如果妳說的『回去』是指讓時間倒流的話，或許可以吧。」

「小伶，我現在想聽的不是這種中肯的吐槽啦！」

「話說回來……」夏冬青舉起手，輕聲打斷兩名女孩的對話，「我現在才注意到……短跑女去哪了？」

「你說小靜嗎？她已經先回家了啊。」尤亞回過頭，一臉理所當然地回答，「我們跟你講完電話之後，小靜就說她有事要先走，所以沒跟我們一起過來。」

「嗯……」夏冬青若有所思地偏過目光，過了一會兒才緩緩開口。

「沐荻伶那時候看到的是短跑女的堂哥，是嗎？」

「沒錯。」沐荻伶點點頭，對於夏冬青突如其來的詢問感到有些驚訝，「你想到什麼了嗎？」

夏冬青沒有馬上回答，轉而將話頭拋向尤亞。

「巧克力螺旋捲，妳和短跑女兩個人……今天都有在學校撿到紙條，對吧？」

「嗯嗯，一人一張。」

「也就是說，她應該知道今晚監視器會關閉的時間……」夏冬青沉思片刻，臉色一凝。

「巧克力螺旋捲，短跑女和她堂哥的感情好不好？」

「真要說的話，小靜超愛她堂哥的。怎麼了嗎？為什麼一直問一些奇怪的問題？」似乎是嗅到一絲不尋常的氣味，尤亞敏銳地反問。

「我和短跑女不熟，不清楚她的個性。不過……」夏冬青放下支在下巴上的指尖，淡淡說道。

「妳們認為……她會不會專程跑到學校，阻止她堂哥去拿『天使之翼』？」

尤亞和沐荻伶互望了一眼，一股寒意悄悄爬上她們的背脊。

「尤亞，妳要不要連絡她一下？」

「正在。」尤亞以鬼一般的速度掏出手機，從通訊錄中找出李靜的名字。她正打算撥打電話，卻發現李靜稍早已經傳了一則訊息到聊天室裡。

——**抱歉，我會阻止信哥的，不用擔心。**

僅僅十多個字的簡短告知，卻如同雷鳴般，在耳際大肆轟響。尤亞顫抖著雙手，慢慢回頭看向沐荻伶和夏冬青。

「那個，她好像真的跑去學校了，怎麼辦？」

「直接打給她試試看。」沐荻伶當機立斷地搶過手機，嘗試撥打語音通話，然而另一端卻遲遲沒有人回應。

這可不是個好兆頭。

「巧克力螺旋捲，妳撿到的那張紙條還帶在身上嗎？」夏冬青突然插口，雙眼直勾勾地盯著牆上的掛鐘。

「還、還在……啊！對了！我們也知道小靜堂哥會過去學校的時間！」尤亞這才回過神來，急忙從口袋裡摸出邊緣有點被折到的紙條。

只要數數紙條上面的哭臉符號，就能弄清楚茗川高中的監視系統會在幾點關閉，當然也能得知李靜是否已經前往學校。

按照往常的規律，人臉紙條只會標示「十一點、十二點、一點、二點、三點」五種時段，而現在時間逼近午夜，如果這張紙條上標示的是後面四種組合，他們就還來得及趕去攔截李靜。但如果紙條上標示的時間是「十一點」的話……

那麼李靜遲遲沒接電話，就代表事態相當、相當不妙了。

「尤亞，上面有幾個哭臉符號？」

「我在算了，別催啦……」

情況緊急，就連一向冷靜自持的沐荻伶語氣都有些急促，至於尤亞更是已經滿頭大汗，只能依靠指尖，一個一個地點算紙條上頭的哭喪人臉。

「一、二、三……」

汗水從尤亞的鼻尖滴落，在紙條上暈開一絲水痕。

「四、五、六、七……」

沐荻伶緊盯尤亞的指尖，在內心同步計算著。

「八、九、十……」

夏冬青默默垂下眼簾，左手在被單上緊握成拳。

「十一……？」

算到這邊，尤亞的心瞬間涼了半截。她慌亂地四處搜尋了一會兒，才在折起的紙條角落找到最後一個哭臉符號。

「十二！總共是十二個！」

「離整點……還剩下不到十分鐘。」沐荻伶迅速起身，抓起放在床頭櫃上的報童帽。

「阿青，我們跑一趟學校，去把小靜帶回來，你好好休息！」丟下這句話後，尤亞便踹開門，頭也不回地衝了出去。

沐荻伶緊接著也來到房門邊。臨走前，她回眸望向端坐在床上的夏冬青，兩人互換了一個眼神。

「我跟著一起去，後續有消息會再通知你。」

「嗯。」夏冬青隨意地點頭，熟悉的倦意又再度爬上他的臉龐。

「……有可能會遇到別人，注意安全。」

「明白。」沐荻伶嫣然一笑，輕輕將房門帶上。

◆

綁著馬尾的女孩抱著膝蓋、獨自坐在舊校舍施工地的鐵皮圍籬旁。

圍籬大門被扣鎖緊鎖著，所以她沒辦法直接進入工地，只能在圍籬外側靜靜等待。

隔著操場，能遠遠看到茗川高中的教學大樓聳立在月夜下，就像某種妖魔鬼怪般，散發著驚人的存在感。相較之下，躲藏在圍牆陰影處的李靜就顯得格外嬌小無力。

自己引以為傲、經過百般鍛鍊的修長雙腿，在面對待會要發生的狀況時，恐怕是毫無用武之地——每當意識到這點，李靜心中的緊張感又會增添幾分。

即便如此，她也沒有退縮。

那可是李信。那個曾把她從父親的毆打下救出來，照理來說應該要嫉惡如仇的李信。她實在不認為……也不願相信他會做出「協助販毒者」這種事情。

其中肯定存在著什麼理由——至少李靜是這麼相信著。

在聽到李信親口解釋前，她不想讓尤亞他們採取行動，當然更不想讓警方介入。

這就是她獨自在這裡等待的原因。

距離午夜十二點已經過了兩分鐘，這個時間，李信就算在下一秒現身也不足為奇。

一想到這裡，李靜的心臟就不禁怦怦直跳。

一道細微的光束從近處亮起，打在馬尾女孩身上，讓她扎扎實實地嚇了一跳。

「小靜！」從鐵皮圍籬轉角處現身的，是拿著手機照明的尤亞和沐荻伶。兩人小口小口地喘著氣，頭髮也有些散亂，明顯是一路趕來學校的。

「太好了，妳還在！」看到好友的瞬間，尤亞便露出鬆了一口氣的表情。她快步來到李靜面前，伸出手掌。

「趁現在還沒有被發現，我們趕快離開吧！萬一待會被別人發現我們在這裡……」

「抱歉。」李靜搖搖頭，語氣決絕，「我得留下來等信哥。」

「不行啦！小靜！」李靜完全不為所動的態度，把尤亞急得像熱鍋上的螞蟻，「人家可是在幫助有犯罪記錄的人欸喔！怎麼可能隨隨便便就被妳說服啦！」

「我沒有要說服他，只是想聽他解釋！」李靜板起臉，聲音也不禁大了起來。

「信哥不是那種人，這其中一定有什麼誤會！說不定……說不定夏冬青根本是隨便亂猜的，真相搞不好根本不是那樣！」

「可是……」

「我才想問呢！為什麼妳們兩個都這麼相信他說的話？那個夏冬青，到底憑什麼這樣武斷地把別人當作罪犯看待？」李靜惱火地站起身，以極近的距離直面尤亞。

「我認識信哥，知道他是什麼樣的人，如果非得在他們兩個之間選一個，我會選擇相信信哥！」

「小靜……」望著氣勢逼人的李靜，尤亞一時間說不出半句話來。

「妳還不懂嗎？李靜同學。」眼看情況逐漸失控，沐荻伶以平靜的語調開口。「不管妳想要相信誰，現實就是人臉紙條暗示的時間，和監視器關閉的時間完全吻合，我也確實在文具店遇到他了……遇到了妳的堂哥。」

「嗚……」被講到這個分上，李靜不禁語塞。畢竟在人證、物證確鑿的情況下，要辯說李信是完全無辜的，也未免太過牽強。

「這麼說妳能明白嗎？」沐荻伶以清冷的嗓音蓋過周圍的沉默，眼神中沒有顯露半點同情。

「不論妳是打定主意要站在妳堂哥那邊也好，要選擇不相信夏冬青也罷，在晚上單槍匹馬地來這邊站崗，就是個愚蠢的行為。」

——我們只是普通的高中生，沒辦法、也沒有立場獨立解決犯罪事件，就算涉入其中的是自己的親人也一樣。

淡淡補上這麼一句後，沐荻伶便閉上雙唇。

她知道李靜已經聽懂了。

現實並非漫畫或小說，不存在什麼學生偵探連續偵破命案、成功逮捕犯人，之後還能一再全身而退的狀況。這可是常識，做為三人中最值得被稱作「普通高中生」的李靜肯定明白這個道理。她多半只是被「堂哥可能涉案」的震撼彈沖昏了頭，才會做出如此莽撞的行為。

不過說到莽撞的話……沐荻伶不禁露出一絲若有似無的苦笑。

馬尾女孩的身影，和先前的自己隱隱重合。

說實話，和「以毀掉某人的教師生涯為目標，創造根本不存在的幽靈都市傳說」的自己比起來，李靜此時的行為根本算不上什麼。

「對不起，我太意氣用事了。」李靜愧疚地低下頭，綁在腦後的馬尾也無精打采地垂了下來，「我只是想到……信哥已經沒有其他家人在身邊了，如果連我都不相信他，未免也太可憐了……」

「小靜，妳真的是天使。」尤亞淚眼汪汪地張開手臂，給了李靜一個大大的擁抱，「那種野男人就隨他去吧，妳今晚要跟我一起回家！」

「呃，我不要。」

「噗呃！」邀請被拒的尤亞按住胸口，露出痛徹心扉的神情，不過其餘兩人完全沒有要理會她的意思。

「總之我們先離開吧。」沐荻伶一邊注意著手機上的時間，一邊四面張望，打算找一條和來時不同的路回去。

就算會被監視器拍到也沒關係，她現在只想盡可能避免和李信正面相遇。只要選擇遠離舊校舍的路線，應該就能在不被發現的狀態下離開校園……

下一秒，一道刺眼的光束打在她們身上，讓三名女孩一下子睜不開眼。

不同於手機照明的微弱光線，這是手電筒所發出的亮光。

有某個人……或者某些人，也剛好在此時來到了環繞施工地的鐵皮圍籬前。

——說不定是巡邏的警衛剛好走過來了？

沐荻伶迎著光線，強行讓雙眼聚焦，然而這個抱有僥倖心態的小小期待，卻漂亮地揮了個空棒。

出現在三人眼前的，是一名左手拿著大串鑰匙，右手拿著手電筒的高瘦男子。和李靜有幾分相似的五官、以及亂糟糟的長髮，使她們能輕易辨明對方的身分。

「妳們幾個，在這裡做什麼？」稍稍放低手電筒的李信，以深沉到幾乎能融入夜色的眼神望了過來。

「信哥，我……」李靜焦急地上前一步，話語還尚未成形，就被另一道聲音打斷。

「喂，怎麼回事？這些人是誰？」稍嫌粗魯的語調從李信身後傳來，讓原以為只會遇見李信的女孩們渾身一震。

沐荻伶緊咬嘴唇，直到此時才了解夏冬青那句「有可能會遇到別人，注意安全」，究竟意味著什麼。

從李信後方現身的，是一名身材魁梧的方臉男子。男人削著俐落短髮、身穿夾克的模樣，無形間散發著逼人的魄力，讓三人頓時氣息一滯。

如果說李信的身材在男性中算是瘦高的類型，那麼眼前這位男子就是世人認知中的彪形大漢。將近一百九十公分的身高加上健碩的肩膀，頗有種職業摔角手的感覺。

隨著男人信步來到光源旁，尤亞等人也認出了他的身分。

這是「蝌蚪」。

一反綽號給人的小巧可愛印象，「蝌蚪」本人有著職業運動員般的身材，不知情的話，根本無法想像他是靠販毒維生的。要不是男人的樣貌和新聞上公布的毒販照片一模一樣，尤亞等人恐怕會以為對方是學校新聘的球隊教練。

「她們是茗川高中的學生。」李信重新抬起手電筒，逐一照亮尤亞、李靜與沐荻伶的面容。

「你認識她們？」蝌蚪皺起眉頭，敏銳地察覺到李信似乎與女孩們相識的事實。

「……算是吧。」李信的回答帶著一絲遲疑，他瞥了身邊的蝌蚪一眼，接著朝尤亞等人偏了偏頭。

「妳們幾個，已經很晚了，快回家去。」

「等一下！」沒等女孩們做出反應，蝌蚪就爆出一聲低吼，「不能讓她們走，我們的臉被看到了。」

「應該沒關係吧，她們只是學生而已。」

「學生也一樣！」相較李信平淡的發言，蝌蚪顯得激動許多，「我們沒有任何犯錯的空間，明白嗎？」

「……明白。」

「你在跟警衛連絡的時候，應該沒出什麼差錯吧？」蝌蚪瞇起眼睛，語帶懷疑地打量著李信，「不然這幾個學生，為什麼會剛好在我們來拿貨的時候跑到這裡來？」

「不知道，現在的高中生不都喜歡搞些試膽還是夜遊之類的活動嗎？」李信聳聳肩，隨口說道，「應該只是湊巧的吧。」

「是湊巧還是不湊巧，待會就會知道了。」蝌蚪哼了一聲，大步來到尤亞等人面前。

「你去開門，我把這群小鬼帶進去。」

「帶進去做什麼？」李信把玩著圍籬大門的鑰匙，一瞬間露出警戒的眼神。

蝌蚪惡狠狠地橫了他一眼，以加重幾分的口氣低吼，「你別管，快去！」

「……小心點，別把她們弄傷，否則善後起來很麻煩。」李信「啪」地握緊鑰匙串，越過蝌蚪，前去打開圍籬大門的扣鎖。

確認伙伴開始進行自己交代的工作後，蝌蚪回過身，向三名呆站在原地的女孩努了努嘴，「把手機都交出來，然後跟著進去工地，動作快。」

「不好意思，我們根本不認識你……」沐荻伶上前一步，擋在面露膽怯的同伴前。然而蝌蚪沒有要給她把話說完的機會，手一伸就扯住女孩的長髮，將臉龐惡狠狠地湊過去。

「別想耍小聰明，那套對我不管用。」男人從牙縫中緩緩吐出字句，濃臭的唾沫星子隨即往沐荻伶的臉上噴來，「妳們可以自己把東西交出來、自己走進去，或是等我親自動手。」

「小伶……」尤亞正想往前，就被沐荻伶揮手制止。

「在那之前，你得先把手放開。」沐荻伶冷靜地指指蝌蚪扯住自己頭髮的那隻手，目光沒有因男人的威脅而產生半點偏移。

「如果我們一起大叫，或是同時往不同方向逃跑，對你們來說應該也挺麻煩的吧？現在雖然已經十二點多了，但還是沒辦法保證附近不會有人路過、注意到這邊的動靜……」

沐荻伶稍微緩了緩，以平淡的口吻總結，「不想變成那樣的話，就把手放開。」

「她說得沒錯，我們得盡量低調一點。」順利解開鐵門扣鎖的李信回頭扔了一句，接著壓低肩膀，將厚重的大門推開一條縫隙。

蝌蚪默默地轉動視線，瞥了淹沒在深邃黑暗中的舊校舍建築一眼，再看看一臉淡然的沐荻伶，這才抽手放開女孩的髮絲。

「手機。」男人冷著臉，在身前攤開手掌。

這回包括沐荻伶在內，三名女孩都乖乖交出了自己的手機。

「都進去，快點。」蝌蚪一揮手，李信便帶頭步入施工地，接著是緊靠在一起的尤亞和李靜，最後是沐荻伶及壓隊的蝌蚪。

凝視李靜搖晃的馬尾，沐荻伶迅速盤算著各種脫困的可能性，再逐一從心中排除。

剛剛能以言語成功牽制對方，很大部分得歸功於夏冬青對蚪蚪所做的心理側寫——慎重到幾乎有些神經質的個性。這種性格，造就他至今仍未遭到起訴的事蹟，同時也導致了「人臉符號」事件的上演。

沐荻伶就是吃定蚪蚪不敢冒著事跡敗露的風險，和她在操場邊緣起衝突，才如此有自信地與之周旋。但進入四面圍著鐵皮牆的工地後，可就是另一回事了。

手上的籌碼怎麼算都不夠多，再加上身邊還有尤亞和李靜兩位好友得保護，單憑自己一個人想從這個死局中脫困，恐怕不太容易。

盤算到這邊，沐荻伶暗暗嘆了口氣。現在也只能走一步算一步了。

為了避免被附近的住戶察覺到異樣，一行人在進入舊校舍的過程中，理所當然地沒有使用建築物本身的照明，只是單靠李信手中的手電筒摸索著前進，這讓本就緊張的尤亞和李靜變得更加膽怯了。

唯一值得慶幸的是，壓隊的蚪蚪在進入建築內後，就低喝一聲，讓所有人停下腳步，沒有真正深入到後方的施工區域。

「我在這裡看住她們，你去把貨拿來。」蚪蚪拿出自己的手機照亮周圍，向李信使了個眼色，「比預定的份量再多拿一些出來好了。」

「一些是多少？」李信挑起眉梢，對這個模稜兩可的要求提出質疑。

「大概是……三到四份。」

「知道了，我馬上回來。」李信點了點頭，看也不看三名女孩一眼，就獨自往樓梯口走去。

看來正如夏冬青的預測，剩餘的「天使之翼」被藏在舊校舍工地某處，而李信和蝌蚪這趟過來，就是為了替買家取貨。

——該說是在意料之中嗎……

沐荻伶凝視著在黑暗中發出微光的手機，雙眼微微瞇起。

截至目前為止，夏冬青的推理可說是完全命中。那麼在這些資訊中，有沒有哪一點是能好好利用，並讓她們藉此脫困的？

飛速動著腦筋的沐荻伶，始終沒辦法找到一個確切的答案。

問題在於雙方的體格差距實在太大了，就算不把立場未明的李信算進去，單靠三個高中女生想徒手撂倒蝌蚪這種彪形大漢，還是太困難了些。

唯一稍微可行的，就是由一人擔任誘餌，讓另外兩人分頭逃竄的犧牲戰術了。

蝌蚪再怎麼厲害，一次最多也只能制伏一個人，只要能適當爭取時間，就能換得其它兩人的安全，讓她們逃到外頭求救。

問題在於，該由誰留下來當誘餌？

不用多說，留下來的那個人肯定得獨自承擔被抓住的風險。就算蝌蚪的個性再怎麼謹慎，被激怒之後多半也不會給什麼好臉色看，到時候會發生什麼事……沐荻伶暫時不敢想像。

換個角度來看，身為田徑社主力的李靜理應成為優先離開的人選，畢竟她的腳程是三人中最快的，擁有最高的逃脫機率。

那麼，負責殿後的人，就是尤亞和沐荻伶二擇一了。

沐荻伶一邊留意著蝌蚪，一邊偷偷瞄向正在小聲安慰李靜的尤亞。

被夏冬青稱作「巧克力螺旋捲」的女孩，體力可說是眾所皆知的差。就算腦筋沒有外表看起來的那麼迷糊，身為普通高中生的她，也不是什麼能和罪犯一對一周旋的角色。

這樣算起來，唯一在留下來之後，還有機會安然脫身的，就只剩下自己了。

沐荻伶默默閉上眼睛，暗自下定了決心。

如果夏冬青在場的話，說不定能想出什麼妙招，讓所有人都順利脫困，但到了此刻，顯然也指望不上他了。

——到頭來，自己還是只能想出這種為達最終目的、不惜損己利物的做法嗎？

沐荻伶揚起的唇邊溢出一絲苦澀，她重新睜開雙眼，掃視了一下周圍。

至少得想個辦法，把作戰計畫傳達給尤亞和李靜才行，否則就算想出再怎麼精妙的脫逃計畫，也都是白搭。

正琢磨到一半，女孩的目光卻微微一頓，似乎察覺到了某種異狀。

「妳想做什麼？」站在一旁的蝌蚪突然開口，以懷疑的眼神打量著沐荻伶。

「什麼意思？」心臟猛然一跳的沐荻伶很快地恢復冷靜，她迅速收回視線，決定直接裝傻混過去。

「別想裝傻，我能看得出來。」蝌蚪淡淡說道，「妳在思考用什麼方法才能逃走，對吧？」

聽到蝌蚪的發言，尤亞和李靜不由得回頭望向沐荻伶，後者則以眼神示意她們稍安勿躁。

「為什麼你會這麼想？我們只是普通的學生而已。」

「她們兩個確實是。」蝌蚪隨意地往尤亞和李靜的方向擺擺手，目光牢牢地鎖在沐荻伶身上。

「但妳不一樣，我們是同一種人。」

「哪種人？」沐荻伶挑起眉梢，她隱約注意到蝌蚪沒有拿著手機的那隻手一直插在口袋裡，似乎正握著某樣東西。

「犯罪者。」男人的雙眼中閃爍著危險的光芒，「為了達到目的，會不擇手段的人。」

「……」沐荻伶琢磨著蝌蚪說這段話的用意，沒有馬上做出回應。

「我也能看得出來，妳們其實知道我是誰，也知道我來這邊做什麼，否則她們不會緊張成那樣。」蝌蚪輕哼一聲，歪嘴露出冷笑。

「但妳有點冷靜過頭了，剛剛說的每句話、每個眼神，都像在逐一審視逃脫的可能性。雖然不知道妳經歷過什麼，但普通高中生才不會有這種反應。」

「原來如此，你觀察得很仔細呢……蝌蚪先生。」沐荻伶淺笑著抬起目光，以言語作為利劍，揮出牽制的一擊。

這是沐荻伶手中最關鍵的一張牌——蝌蚪的「身分」與「目的」。就算對方隱隱猜到了她們所知的資訊，肯定也不清楚為什麼區區幾個女高中生會知曉這麼多內幕。

沐荻伶相信，依照蝌蚪的個性，在找出這個問題的答案之前，他應該不會輕易傷害她們。

希望是這樣。

被叫出綽號的蝌蚪嘴角一抽，隨即扭出一抹獰笑。

「非常聰明的回答。但很遺憾，就算知道我的名字，也沒辦法改變什麼……我本來就沒有打算放妳們回去了。」

這句飽含威脅性的宣言，讓一旁的尤亞和李靜瑟縮起身體，但沐荻伶仍不為所動。她像是在表達「沒問題」般，朝友人們輕巧地一眨眼。

「我知道你沒打算放我們回去，所以無所謂。」

「那讓我猜猜妳現在在盤算什麼。」宛如在和沐荻伶較勁般的對話，似乎提起了蝌蚪的興趣。他凝視著長髮女孩，逐字逐句緩緩說道。

「比如說把同伴當作誘餌，自己想辦法逃走？還是正好相反，自己留下來拖延時間，好讓同伴逃走？只憑妳的話，能做到的事情也就只有這兩種了。不過，如果是後者的話，妳就和我不一樣了，連犯罪者都稱不上，只是一個笨蛋而已。」

沐荻伶臉色一沉，還來不及針對這段犀利的言詞做出回應，手電筒發出的刺眼光線便重新打在眾人的腳邊。

「拿來了。」從轉角走出來的李信搖了搖手中的塑膠袋，向蝌蚪點頭示意，「我們也差不多該離開了。」

「貨給我。」蝌蚪沒有理會伙伴提出的撤退建議，而是收起手機，接過李信遞來的塑膠袋，從裡頭掏出一個小紙包。

「既然妳們知道我是誰，應該也知道這是什麼東西吧？」

大大展開的羽翼圖樣映入眼簾，讓尤亞等人不禁屏住呼吸。

那個符號，她們曾在新聞上看過好幾次。

裝在那個紙包裡的，就是曾引發數起墜樓事故的新型迷幻劑——「天使之翼」。據說吸食之後，會讓人進入輕飄飄的恍惚狀態，甚至產生「能飛翔」的錯覺，因而得名。

身為藥頭的蝌蚪就是利用低廉的價格，將此藥品販賣給學生族群，藉此觀察藥性與副作用，好研製出更為穩定的產品。也因為這樣，引發了之前一連串的墜樓事件，搞得各大校園風聲鶴唳，自己也為了躲避風頭，用上迂迴許多的方式來存貨、取貨。一切的一切，都源自於這個小小的紙包。

「看妳們的表情，我應該是不用多作說明了。」蝌蚪觀察著三名女孩的反應，淡然說道。

「目前還沒找不出這玩意兒的副作用和藥性的平衡點，效果有點太猛烈了，得再觀察、調整一陣子才能正式開賣……不過對現在的妳們來說，倒是剛剛好。」

沐荻伶心中一凜，迅速抬眼望向蝌蚪，男人則回以一個意味深長的眼神。

「我不能讓妳們就這樣離開，但親自動手也不是我的風格，所以今天就來個大放送，給妳們一人一包這玩意兒。至於能不能挺過去，就看個人造化吧。」

「一人一包……意思是要讓我們吸食那個嗎？」李靜看著躺在男人手中的紙包，嘴唇微微顫抖，「可是那個的副作用……」

「沒錯，會讓妳飄起來喔。」蝌蚪以無比輕浮的態度嗤笑道，「別擔心，待會會把妳們帶到對面的校舍，要是能撐住的話，就儘管掙扎吧。」

「想把我們偽裝成集體嗑藥，然後在夜遊途中失足墜樓的笨蛋高中生嗎？」沐荻伶冷著臉，稍稍仰起頭，「算盤倒是打得不錯。」

「親自動手容易留下證據，收拾起來也挺麻煩的。」蝌蚪坦然承認，「雖然挺在意妳們是怎麼找來這個地方的，反正之後都得轉移陣地，先把妳們處理掉比較實際。」

「如果我們說『不』呢？」沐荻伶勾起嘴角，試探性地朝側面悄悄踏出一步。

這個動作沒有逃過蝌蚪的眼睛，他收起剛才的輕浮態度，眉毛一豎，頓時凶相畢顯。

「妳們沒有說不的權利。」蝌蚪緩緩抽出放在口袋裡的那隻手，隨著清脆的「啪嚓」一聲，從手中甩出一柄閃著寒光的蝴蝶刀，抵在沐荻伶的頸側。

「雖然我說收拾起來會很麻煩，但也只是『很麻煩』而已，不要產生什麼奇怪的誤會，把我當成好說話的人。」

「小伶……！」情急之下叫出聲來的尤亞，被蝌蚪回頭一瞪，便立刻嚇得閉上嘴巴。

「嗑藥之後神智不清的女高中生，臉蛋就算被銳器劃傷，應該也不會有人起疑吧？」蝌蚪將刀刃稍稍往上移了一些，抵在沐荻伶的臉頰旁。

「妳們要自己來，還是要我親自動手，自己選吧。」

「知道了。」退無可退的情況下，沐荻伶只能選擇配合。當她伸手想要拿取紙包時，蝌蚪卻突然縮手，露出謹慎的表情。

「等一下，先讓妳的朋友來，妳排最後一個。」

「這樣有什麼意義……」

「妳別管。」蝌蚪粗暴地一揮手，指向和尤亞一起縮在角落的李靜，「那個綁馬尾的，妳先來。」

被指名的李靜渾身一震，忍不住向一旁的李信投以求救的眼神。

「蝌蚪。」李信緊皺眉頭，有些勉強地插口，「其他兩個就算了，這個女孩能不能別動她？我可以擔保她不會把消息走漏出去。」

「為什麼？」蝌蚪瞇起眼睛，目光中滿是懷疑，「難道你認識她？」

「她是我堂妹。」李信言簡意賅地回答。

「堂妹？」蝌蚪把小刀從沐荻伶的臉旁移開，整個人回過身，大步走到李信面前，「我有聽錯嗎？她是你的堂妹？」

「是。」李信此時的臉色也變得極為難看。即便如此，他仍沒有改變說詞，「雖然是堂妹，但我們已經很久沒見面了，她當然也完全不知道那些貨的事情，這是真的。」

「那為什麼她們會找來這裡？還一副有事先調查過的樣子？」蝌蚪惱火地揪住李信的領口，幾乎要將他拎到半空中，「如果不是你找人來搞我，只憑幾個女高中生，怎麼可能破解那些密碼？你知道我為了找到一個完全不知情又能配合的警衛，試過多少管道嗎？如果被逼得必須轉移陣地，之前的心血就完全白費了！」

「這部分我是真的不清楚。」李信稍稍舉起雙手，擺出投降的姿勢，「也許我們在過程中犯了什麼失誤，也或許只是運氣不好，總之現在爭論這個已經沒有意義了。我只是想聲明，我能保證這個女孩不會洩密，所以別動她，就這樣。」

——至於其他兩個人，隨便你怎麼處理。

淡淡地補上一句後，李信便閉口不語，任由蚪蚪將自己的領口緊緊揪住。

「……搞清楚你的立場，李信，要是你敢動什麼歪腦筋，我就把直接把你交給那些要債的傢伙！」蚪蚪大口大口地呼著氣，憤怒的青筋在額前不住跳動，「也不想想是誰把你保出來、給你一口飯吃的。要是我倒了，你也別想有好日子過。」

「嗯，所以我不可能會背叛你的，蚪蚪。」李信無比平靜地說，「就算把你搞垮，我父母欠下的債務也不會消失，倒不如說在你手下做事，才是唯一把債還清的機會。這樣你還認為我會蠢到跑去找幾個女高中生來搗亂嗎？」

蚪蚪的胸膛隨著呼吸上下起伏，他緊緊咬住牙關，似乎在猶豫該不該相信李信。

「我們已經是不得不同進退的關係了。」李信低聲呢喃，雙眼中透出無止盡的幽暗。

聽到這句話後，蚪蚪悶哼一聲，用力甩開李信的衣領。

「你要保那個女孩，就別讓她離開你的視線！」

「知道了……」李信的話還沒說完，蚪蚪就將呆站在旁邊的李靜一把推去，讓兄妹倆撞了個滿懷。

「我來處理這兩個，別讓她出聲。」

「嗯。」李信順勢按住李靜的嘴唇，不顧女孩拚命掙扎、想回到朋友身邊的動作，將她拖離蝌蚪數步，期間不忘舉高手電筒，好維持周圍的照明。

「捲頭髮的，妳先來。」蝌蚪將紙包內的藥粉倒在掌心，大步走向不知所措的尤亞。

「等等。」沐荻伶張開雙臂，隻身擋在男人的面前。

「讓我來吧，別碰她，她什麼都不知道。」

蝌蚪冷眼打量攔在前方的長髮女孩，露出輕蔑的神情。

「還真的當起同伴的擋箭牌了啊？看來妳果然是個笨蛋。」

「你不是想知道我們是怎麼破解密碼的嗎？我來告訴你。」沐荻伶輕咬皓齒，雙眼閃爍著下定決心的光芒，「相對的，你也得保證我的朋友們能安全離開這裡。她們跟這件事情無關，是我破解密碼、找出你的身分，才提議要來這邊看看，她們兩個只是陪我過來而已。」

「喔？是嗎？」蝌蚪不以為意地聳聳肩，重新架起蝴蝶刀，抵在沐荻伶的頸側。

「但我對妳們破解密碼的方法已經不感興趣了，反正死人不會說話，對吧？」

「小伶！」

「別過來！」沐荻伶揮手阻止正準備衝上前的尤亞，以眼神示意她不要驚慌，「沒事的，妳先待在那邊。」

「別擔心，待會就會輪到她了。」蝌蚪滿臉不屑地噴了口氣，掰過沐荻伶的頭，將攤在掌心的藥粉湊到女孩的鼻下。

沐荻伶抵抗般地抓住男人的手腕，接著屏住氣息，閉上雙眼，在心中默數三秒。

一。

二。

三。

「夏冬青，就是現在。」沐荻伶驀然睜開雙眼。

下一秒，一道黑影就出現在蝌蚪身後，高舉滅火器，往男人的頭上猛力砸去。

伴隨著難聽的撞擊聲，身高超過一百八十公分的彪形大漢在這記奇襲下應聲倒地，藥粉四散，蝴蝶刀也脫手飛出。

從轉角衝出的夏冬青雙手一鬆，任由滅火器「喀啷」一聲砸向地面，整個人虛脫地單膝跪倒，大口大口地喘著氣。

「阿青？」明顯還沒搞清楚狀況的尤亞張大嘴巴，呆呆地看著沐荻伶蹲下身，讓夏冬青能扶著自己、不至於直接倒下。

「咦？為什麼？為什麼小伶一喊，阿青就突然出現了？你是從什麼時候開始躲在那裡的？」

面對嚷嚷著往自己奔來的尤亞，夏冬青只能搖搖頭，從唇邊吐出灼熱的氣息。

拖著抱病的身軀，一路從租屋處趕到學校的他終究還是頂不住深夜的冷風，以及大量的體力消耗，臉上再度浮現高燒特有的緋紅，身體也因發冷而隱隱顫抖。要不是沐荻伶貼心地用肩膀替他分擔一部分體重，他恐怕已經整個人趴倒在地了。

幸好這突如其來的一擊，在滅火器重量的加成下順利把蝌蚪徹底擊暈，否則要是演變成肉搏戰，在場恐怕沒有人能和持刀的蝌蚪正面交鋒。

「大概從李靜堂哥暫時離開的時候開始，夏冬青就趕到了，只是一直沒機會出手。」沐荻伶代替夏冬青解釋道，「要不是情況緊急，我也不想讓他出來，貿然現身實在太危險了。」

「所以小伶從剛剛開始，就一直在嘗試轉移他的注意力嗎？」尤亞抱住腦袋，露出不敢置信的表情，「難、難道這就是所謂的高手過招？好帥！」

「我猜夏冬青應該已經報警了，所以只是在試著拖延時間……最後也算不上成功就是了。」沐荻伶苦笑著搖搖頭，以詢問的眼神望向身邊的男孩。

「我說的沒錯吧？」

「嗯……妳聽……」夏冬青低語著，雙眼幾乎要完全閉上。

遠處隱隱傳來刺耳的警笛聲，在眾人的屏息聆聽下離茗川高中越來越近，看來象徵正義的執法人員這次依舊姍姍來遲。

「我剛剛有打給妳們……但沒人接……就大概猜到是這種狀況……」

「嗯，我明白。」面對男孩斷斷續續的語句，沐荻伶點了點頭。

想必夏冬青是拖著重感冒的身體一路趕來，發現三名女孩被困後就馬上報警，接著自己躲在一旁，這才好不容易找到機會把蚪蚪擊倒。

一連串的行動，可謂是執行得明快果決。

「那現在就只剩下……」尤亞回頭望向身後，正好看到將堂妹放開的李信面無表情地朝他們走來。

「等……停下來！不要再過來了！」尤亞見狀急忙大叫，儘管害怕，她仍隻身擋在沐荻伶和夏冬青面前，露出犬齒、朝李信發出威脅性的低吼，「再靠近我就咬你喔！」

「別擔心，我沒有打算要對你們做什麼。」李信在距離尤亞數步遠的地方停下，淡淡說道，「要問為什麼的話……那個男孩之所以能夠闖進來，是因為我刻意沒把外門鎖上。」

「咦？」尤亞來回看著夏冬青和李信，最後才恍然大悟地「啊」了一聲。

「你是想讓我們找機會逃走嗎？」

「很難看出來嗎？」李信無言地嘆了口氣，仔細端詳緊靠在一起的夏冬青和沐荻伶。

「你們是靜的朋友？」

「是又怎樣，不是又怎樣？」聽到對方不會傷害自己，尤亞的口氣立刻跩了起來。

過了兩秒，她才意識到李信稱呼堂妹的方式遠比想像中親近，於是向李靜投以「哎喲喲？」的興奮眼神。

「信哥。」李靜走上前，眼神在手電筒的映照下微微動搖。

「這是怎麼回事？為什麼你要聽這個人的話？」

「說來話長，之後有機會再跟妳解釋。」李信搖搖頭，嘴角勾起一絲無奈的弧度，「雖然很想這樣說，但警察快來了，留給我的時間應該不多了，就在這邊把話說完吧。」

「怎麼會……」

李信舉手阻止打算說些什麼的李靜，緩緩開口，「在我大學畢業之後，有一群討債集團的人突然找上門，要我把父母欠下的債連本帶利地還給他們。」

在男人盡可能簡短的說明下，尤亞等人才逐漸明白李信的處境。

想要償還父母所欠下的龐大債務，單靠腳踏實地地工作是不可能的，為此對方把他介紹給正好需要人手的蝌蚪，讓擁有工程專業的李信協助蝌蚪，進行「天使之翼」的藏匿計畫，以此做為一部分債務的賠償。

「雖然自認沒什麼選擇，但仔細想想，我多半也不是什麼好人吧。」說明完事情的經過，李信眼中的幽暗稍微變淡了些。他隨意地聳聳肩，態度比起以往輕鬆了許多。

「接下來多半沒什麼機會見面了。如果你們是靜的朋友，就好好照顧她，不要讓她重蹈我的覆轍。」

隨著警笛聲停駐在校園外緣，建築外頭的鐵皮圍籬附近也很快地傳來倉促的開門聲，估計再過一分鐘，警察就會找到這裡來了。屆時李信恐怕會以協助罪犯的罪名當場遭到逮捕，這也是為什麼他會說「留給自己的時間不多了」的原因。

「信哥，不要這樣說……」李靜低下頭，任由垂落的瀏海遮住她有些發紅的眼眶。「就算這些事情都是真的，我也相信你不是壞人……那個時候要不是你出手阻止老爹，我可能已經放棄念書、放棄田徑，也放棄成為一個普通的學生了。」

一顆晶瑩的淚珠悄悄從李靜的頰邊滾落，在燈光掩映下綻放細微的光芒。

「然後……對不起，在你需要幫助的時候，我卻什麼也做不了……明明不應該是這樣的，信哥明明什麼都沒有做，卻要一個人背負這麼多東西……明明不應該是這樣的……」

隨著舊校舍入口處傳來「警察！通通不許動！」的喊聲，李信露出一抹淡淡的笑容。

「謝謝，聽到有一個人能這麼說，就足夠了。」

幾分鐘後，姍姍來遲的警察便將李信和蝌蚪上銬帶離——順帶一提，仍處於頭昏腦脹狀態的蝌蚪是由兩個壯碩的警員合力架走的。單獨留下的年輕女警則一一檢視尤亞等人的狀態，確認他們有沒有受傷。

至於狀態明顯極差的夏冬青，女警也馬上叫了救護車，接下來只要在原地等待醫護人員到場就行了。

「夏冬青，已經可以了。」趁著女警和李靜交談的時候，沐荻伶悄聲對身邊的男孩說道。

「警察……到了吧……」眼睛幾乎要完全閉上的夏冬青，從唇邊吐出喃喃低語。

「嗯，事情已經解決了，我們都沒有受傷。」沐荻伶輕輕扶住男孩的腰際，「蝌蚪和李靜的哥哥也被警察帶走了，所以已經可以了。」

「那就好……」說完這句話後，夏冬青的重心猛然一傾，原先緊握著的手掌隨之鬆開，讓某樣東西「鏘啷」地落在地上。

那是一柄樣式相當眼熟的蝴蝶刀，鋒利的刀刃在月色下隱隱透出寒芒。

「欸？」尤亞瞪大眼睛，嘴巴像是想說什麼又不敢說地一張一闔。

「那是……蝌蚪的刀？阿青剛剛一直握著嗎？」

「蝌蚪的刀？」一旁的女警趕緊奔來，用手帕拾起地上的銳器。

「他在把蝌蚪打倒的時候，就已經把刀撿起來、握在手上了，畢竟沒辦法保證對方會不會突然醒來……」沐荻伶望著緊閉著雙眼的夏冬青，輕聲解釋道。

「要是有什麼萬一，他應該是打算趁對方接近的時候，直接拿刀捅過去的吧？」

「拿、拿刀捅……?!」尤亞完全想像不到這個老是一臉精神不濟的男孩，到了危急關頭居然會如此凶狠。

「看不出來，阿青原來是個狠人……」

「那個，如果你們身上還有其他武器，可以先交給我保管嗎？」收妥蝴蝶刀的年輕女警無奈地插口。

正當話最多的尤亞被女警強制搜身的時候，已經失去大半意識的夏冬青，在沐荻伶耳邊吐出夢囈般的呢喃。

「沐荻伶……」

「什麼事？」沐荻伶從尤亞等人身上收回視線，凝視靠在自己肩上的男孩。

「妳……不是……」夏冬青的聲音細微到幾乎要消逝在空氣中，沐荻伶只好將耳朵湊到他的唇邊。

「不是什麼？」

「妳不是……犯罪者……」

沐荻伶微微一愣，接著才想起蝌蚪稍早之前曾對她說過的那段話。

——我們是同一種人。

——犯罪者。

——為了達到目的，會不擇手段的人。

當時藏身在一旁的夏冬青，肯定察覺到了自己臉上一閃而過的迷茫，才會在此刻給予她這句宛如強心針般的話語。

妳不是犯罪者。

妳和那種人不一樣。

妳不會墮落到那種地步。

所以別擔心。

意識到夏冬青這麼說的用意後，沐荻伶不禁勾起一抹苦笑。

「都什麼時候了還這麼愛操心。」她伸手扶住終於陷入沉睡的夏冬青，讓他輕輕靠在自己肩上。

「辛苦你了，夏冬青。」

◆

經過如此動盪的一夜，眾人很快地回歸到風平浪靜的校園生活之中。根據幾日後的新聞報導，蝌蚪因人贓俱獲，正式遭到起訴，做為共犯的李信則尚未有被定罪的消息。考量到他在協助蝌蚪犯案時，是處於被脅迫的狀態，或許有從輕發落的空間——至少李靜是衷心這麼祈望著。

事件的原委，則由最能掌握現況的沐荻伶負責向學校與警方說明。

經過調查，警方也很快找上那位關閉監視錄影器的校警，並查到他的欠款紀錄。想來他多半也是迫於經濟壓力，才會答應、配合這種詭異的要求。

根據校警的供述，關閉監視錄影器的任務是由李信做為中間人交付的，蚪蚪從未出面，因此他始終不知道，自己已經和如此重大的犯罪事件扯上了關係。

至於在事件末尾力竭倒下的夏冬青，在醫院睡了一晚之後，已經順利恢復意識，身體也沒什麼大礙。雖然還需要住院休養幾天，但不出意外的話，應該很快就能回學校上課了。

至此之後，在茗川高中引起話題的「人臉符號」，與接連毒害多名學生的「天使之翼」，從校園內徹底消失，於結尾處掀起驚滔駭浪的本事件，也就此拉下帷幕。

屬於夏冬青等人的、無趣且一成不變的日常即將回歸……

原本應該是這樣的，直到「那天」來臨為止。

第6章

克莉絲蒂的巧克力（一）

情人節。

對正值青春期的少年少女來說，這是如此夢幻的日子。女孩們透過致贈巧克力來表達心意，男孩們則懷著忐忑又期待的心情度過這一天。

戀愛的酸澀與甜美，唯有勇敢跨出那一步的人能盡情品嘗。

收到心儀女孩送的巧克力，無疑是所有男高中生的夢想……不，或許不能說是「所有」男高中生。

按照慣例、壓著遲到線抵達教室的夏冬青，才剛在靠窗的位子上落座，就立刻察覺到抽屜中的異樣。平整疊放的教科書上方，放著某樣東西。

是巧克力。

貨真價實、如假包換的巧克力。

包裹在透明包裝袋裡的內容物，像是在強調自身的存在感般，散發著誘人的光澤。

夏冬青不動聲色地環顧周遭，確認沒有任何異狀後，才謹慎地把它拉了出來。

本體為圓形磚體的巧克力，表面以刮刀勾勒出水波紋般的弧形線條，上方還有一大一小的兩朵巧克力玫瑰花做為裝飾，精心的手作痕跡，讓贈送者的心意表露無遺。

明明是如此用心製作的成品，上頭卻灑了大量的彩色糖粒和碎堅果，將巧克力玫瑰花營造出來的高雅氣息完全摧毀。

看著用糖粒拼出的扭曲笑臉，夏冬青不禁疲倦地嘆了口氣。

這是……又有麻煩事要發生的預感。

他姑且把裝著巧克力的襯紙、繫住袋口的緞帶，還有包裝袋底部都檢查了一遍，卻沒有找到預想中的東西。

署名。

既然是在情人節當天送出的巧克力，理所當然會想要得到收禮者的回應。透明包裝袋中雖然放了一張卡片，但無論從正面、還是背面看，都找不到像是署名的字跡，紙面上只有一片空白。

那麼，這份巧克力是誰送的？

這個單純的疑問在夏冬青的腦海中一閃而過，旋即被教室前方傳來的轟然巨響打斷。

「尤亞！及時趕到！」

「並沒有。」遲了兩分鐘才抵達教室的尤亞，被守在門口的李靜逮了個正著。

最近開始負責記錄出缺席狀況的李靜，毫不留情地揪住尤亞的後領，把她的學號記在黑板上「遲到」的那一欄。

「騙人！我沒遲到！人家今天一大早就來了！校門剛開就來了！」才剛把教室門一腳踢開的尤亞，在李靜的手中不斷掙扎，把後者弄得手忙腳亂的。

「校門剛開就來了……那我七點開教室門的時候為什麼沒看到妳？」敵不過尤亞耍賴的蠻力，李靜只得鬆手後退。

「那當然是因為……我一直待在動物救援社那邊啊。」尤亞按住前額，「欸嘿」地吐了吐舌頭，「沒想到吧？小靜。」

「還真是……沒想到妳能蠢成這樣。」李靜嘆了口氣，眼神中滿是無奈。

「就算妳提早到校了，沒在鐘響前進教室，還是算遲到喔。」

「咦？是這樣的嗎？」

「就是這樣喔。」

「所以我……遲到了？」

「嗯，遲到了。」

「騙人……」

看著頹然地跪倒在教室前方的尤亞，夏冬青默默垂下眼簾。

就算再怎麼不情願，他的思緒還是如風馳電掣般動了起來。

昨天他是和結束田徑隊練習的李靜一起離開教室的，當時抽屜裡還沒有任何異狀。

換句話說，巧克力是在今天早上被放進來的。

昨天他是看著李靜鎖完教室門，兩人才一起離開的，理論上應該不會存在「某人」為了送巧克力，特意突破上鎖教室門的狀況。

那麼，會是誰送的？

課桌椅上沒有留下任何值得注意的痕跡，對方也沒有翻動他抽屜裡的物品，很明顯只是把巧克力往裡頭一塞就離開了。

夏冬青迅速環顧周遭，視線分別在身邊的幾名同學上停了停。

如果對方是在眾目睽睽下把巧克力放進來的，那麼靠近自己座位的幾個人一定會注意到，而且多半會好奇他收到巧克力後的反應。然而坐在附近的同學卻沒有半個在往這邊看，只是自顧自地翻書、發呆，甚至偷偷在桌子底下滑手機。

這麼看來，對方是在神不知、鬼不覺的情況下，把巧克力放進抽屜裡的。能夠做到這件事又不引起旁人注意，難度著實不小，除非……

贈送巧克力的「某人」，就在這個班上。

如果是班上的同學，就算在別人的座位旁晃來晃去也不會顯得可疑——觀察過周遭同學的反應後，夏冬青很快就得到了這個結論。

不過，就算把範圍縮小到這種程度，要找出特定人選還是不容易。

別的不說，光是夏冬青等人所在的一年四班就有三十多個人，其中女性又占了將近一半，要在這麼多人裡鎖定某個特定人選……雖然也不是說難如登天，但要費上一番工夫是肯定的。

夏冬青緊接著把注意力移回到巧克力之上，很快就發現了異常之處。從磚體表面用刮刀劃出的弧形水波紋來看，製作者的慣用手應該是右手。然而在那上頭盛開的、一大一小的兩朵巧克力玫瑰，花瓣的拼貼順序卻又是反過來的，明顯是左撇子所為。

無論是使用刮刀、還是拼貼軟化過的巧克力片，都是極須專注力和手藝的步驟。對方分別以左、右手來完成，這種運用非慣用手的能力簡直到了令人匪夷所思的地步。

直到這邊都還能用常理來理解，最讓夏冬青百思不得其解的，是灑在巧克力表面、以大量彩色糖粒和碎堅果拼成的扭曲笑臉。

從糖粒鋪灑的方向，能大致推斷出這和磚體的水波紋一樣，都是用右手製成的。那令人遺憾的美感，卻把巧克力其餘部分的精緻做工完全摧毀。

明明同樣是右手，為什麼在製作磚體時就能弄出平滑如鏡的表面，還用刮刀添上漂亮的紋路。輪到裝飾時，卻又搞得毛手毛腳，甚至拼了個意義不明的扭曲笑臉？夏冬青想不明白。

這或許是贈禮者為了掩蓋身分而做出的障眼法，比如完成巧克力本體後，刻意亂灑糖粒，營造出「右手不太靈便」的假象。但真的有必要為了這種事，把辛辛苦苦做好的巧克力糟蹋掉嗎？

況且，就算最後的裝飾相當草率，對方在磚體上下的工夫也騙不了人。製作出這個巧克力的人，右手絕對非常靈巧，這是只要看過磚體表面的層層水波就能得出的結論，根本不必用亂灑糖粒來遮掩。

那麼，這張用糖粒和堅果拼出的笑臉，是否又意味著什麼？

夏冬青盯著塞在透明包裝袋裡的空白卡片，眼神因疲倦而微微搖曳。

在數秒內分析完以上事實，讓他的思緒有些過載，想到這多半又是一件麻煩事，夏冬青的腦門就微微發疼。

最後他決定佛系處理——不思考，不推理，時候到了，真相自然會大白。

反正對方沒署名，就算他找不出這塊巧克力的贈與者，也怪不了他。

想到這裡，夏冬青就心安理得地把巧克力塞回抽屜，打算像平常一樣，睡到自習時間結束再說。不料下一秒，一隻手就按上他的肩膀，將夏冬青幾乎要沉進夢鄉的意識拉了回來。

「我看到了喔。」正巧從走廊末端走來的沐荻伶傾過身，湊在夏冬青的耳邊悄聲呢喃，「那是誰送的巧克力？」

夏冬青百般不情願地撐起眼皮，同樣低聲答道：「不知道，對方沒署名。」

「沒署名嗎？這樣啊……」沐荻伶勾起淺笑，將雙手揹在身後，幾綹烏黑的髮絲從她的肩頭上滑落。不知為何，女孩似笑非笑的表情讓夏冬青感受到前所未有的壓力。

「是你的話，能找出來的吧？送出巧克力的那個人。」

「感覺會很麻煩……」

「原來如此，只是很麻煩，並不是做不到嘛。」

夏冬青橫了沐荻伶一眼，以此表達被套話的不滿。

「自習時間結束之後，要告訴我答案喲。」她再度湊到夏冬青的耳邊，用手掌遮住嘴角：「茗川高中的福爾摩斯。」

「如果我拒絕呢？」夏冬青維持著坐姿，只用餘光瞥向沐荻伶。

「那我就把你收到匿名巧克力的事情說出去。」

聽到沐荻伶說的這句話，夏冬青陷入沉默。在情人節收到巧克力，這件事原本就足以成為話題了，萬一又被班上的好事之徒知道對方是匿名送出的……

可想而知，會在夏冬青身處的一年四班內引起軒然大波。一個弄不好，說不定還會搞出像「借物靈事件」那樣的推理大會。只不過事主從丟失的校外旅行費用，變成他本人而已。

想到這裡，夏冬青的眼角不禁隱隱抽動。

「等自習時間結束，妳再來問我一次。」

「到時你就會想出答案了嗎？」

「到時候……我再考慮看看。」夏冬青將臉龐埋進臂彎裡，不顧苦笑的沐荻伶，逕自陷入沉睡。

◆

就結果而言，夏冬青沒能在短暫的自習時間內想出贈送巧克力的人是誰。

巧克力是由某個熱愛惡作劇的外星民族硬塞過來的——如果是尤亞，說不定會接受這樣的說詞。但很可惜的，沐荻伶沒那麼容易被敷衍過去。

「看你的表情，是有大概的方向了？」

下課時間，沐荻伶支開坐在夏冬青座位前方的同學，鳩占鵲巢地轉過座椅，趴在夏冬青的桌面上，以滿載笑意的眼神望著他。

「如何？這個巧克力是誰送的？」

逃是逃不掉了。夏冬青索性放下撐在臉頰旁的手掌，淡淡回答：「老實說，一點頭緒也沒有。」

「喔？」這樣的答案似乎也能讓沐荻伶感到滿意，只見她眨眨眼，露出感興趣的表情。

「這麼難嗎？從那個巧克力上找不到半點線索？」

「不，該說是反過來嗎……」夏冬青嘆了口氣，心不在焉地用指節輕敲桌面。

「從時間上來看，能在不引人注意的前提下把巧克力放進來的，就只有我們班的同學了。」

「從犯案時間下手嗎？這個著眼點很好啊。」

「問題是，把範圍縮小到這個程度後，我就束手無策了。」夏冬青捏了捏鼻梁，神色間難掩疲倦，「對方沒有翻動抽屜裡的東西，也沒有留下其他痕跡。光憑現有的線索，要找出特定的人選實在是太難了。」

「是那種懸案等級的謎題嗎……」沐荻伶用手指點著下唇，嘴角彎起一抹優美的弧度。

「既然如此，這次就由我來幫忙怎麼樣？」

「……妳想幫忙？」

「對啊。」沐荻伶淺笑著，在面前合上手掌，擁有亮麗光澤的秀髮從肩頭傾洩而下。

「如果你是『福爾摩斯』，那就由我來擔任『華生』。有身為女性的我協助調查，說不定會發現之前沒注意到的疑點喔？」

「這麼做對妳有什麼好處？」

「班上居然有送了巧克力卻不署名的女孩子，我只是想知道對方是誰而已。」沐荻伶的眼珠靈活地一轉，不讓夏冬青有直視她雙眼的機會。

「另外我也好奇對方刻意隱瞞身分的原因，這很正常吧？」

「唔……」沐荻伶提出的說法合情合理，讓夏冬青一時間也想不到理由反駁。

沉吟片刻後，他勉為其難地點了點頭，「要幫忙可以，但妳得答應我……」

「我知道的喔。不管你採取怎樣的行動，或是要求我做什麼，都不要問『為什麼』，因為解釋起來很麻煩。」沐荻伶輕巧地接過話頭，在面前圈起手指，「沒問題喔，我答應你。」

「答應得這麼果斷啊……」

「不這麼說的話，你會拒絕讓我幫忙的吧？」沐荻伶就像早已看透了夏冬青般，輕輕點了點他的手背，「還是說，你這次願意從調查階段就開始替我說明了？」

「不，那樣太累了。」夏冬青緩緩閉上雙眼，再度睜開眼睛時，瞳孔深處燃起了一簇若有似無的火光，「不過，有件事確實希望妳能幫忙。」

「喔？」沐荻伶用手掌支著臉頰，似乎有點意外於夏冬青會這麼快就展開行動，「什麼事？」

「手上的線索實在是太少了，這種時候只能採取非常手段。」夏冬青往抽屜裡翻找了一陣，從筆盒裡掏出圓規、紙筆等物品。

「沐荻伶，我們來試著通靈看看吧。」

「通……靈？」沐荻伶微微睜大眼睛，有些喪失以往的從容。

「沒錯，通靈儀式。」夏冬青以閒話家常的語氣再次強調，「是巧克力螺旋捲會感興趣的調查方式，妳也來幫忙。」

「可是……」話說到一半，沐荻伶驀然想起剛剛才答應過夏冬青「無論被要求做什麼，都不要過問理由」。

「……我知道了。」迅速冷靜下來的沐荻伶吁了一口氣，迎上夏冬青的目光，「那個通靈儀式，具體來說該怎麼做？」

「把妳的左手給我。」夏冬青說著，伸出左手，與沐荻伶隔著桌面輕輕交握。

沐荻伶沒有因兩人的肌膚接觸而產生動搖，反而被遞到自己面前的圓規弄得直眨眼。

「圓規又是要做什麼？」

「這裡有一張紙。」夏冬青說著，把一張考卷翻到背面，將其鋪平在兩人之間。

「待會我們輪流用圓規在這張紙上畫圓，每一個圓都要比前一個大，直到畫滿這張紙為止，能做到嗎？」

「保持著握住左手的狀態？」

「保持著握住左手的狀態。」夏冬青的表情相當嚴肅，看起來完全不像是在開玩笑。

「那好吧。」沐荻伶看了兩人像是要比試腕力般，在桌面上方交握的左手掌一眼，謹慎地點了點頭，「誰要先畫？」

「我先。」夏冬青拾起圓規，用尖銳的那端抵住紙張，右手腕緩緩轉動，畫了個漂亮的正圓。

「換妳。」

「你應該知道我是左撇子吧？」沐荻伶接過夏冬青遞來的圓規，忍不住蹙起眉心，「我會盡力試試看，但不保證會成功喔？」

「沒關係。」

既然夏冬青都這麼說了，沐荻伶也不再推託，握緊圓規後，就以略顯笨拙的手勢嘗試畫圓。然而圓規本就是需要精心操作的文具，光用非慣用手操作就已經有點勉強了，現在又要在夏冬青的圓外，再畫上加大一圈的圓，執行的難度是可想而知得高。

「啊。」

儘管沐荻伶已經全神貫注地去操縱圓規了，但在畫到四分之一時，圓規的尖端還是斜斜一滑，鉛筆就沿著圓弧的切線畫了出去。

「抱歉。」

「沒關係。」夏冬青沒有表示不悅，也沒有宣告通靈儀式失敗，只是示意沐荻伶接著畫下去，「繼續吧。」

「好……」

沐荻伶咬了咬下唇，笨拙地以右手校準圓規，將尖端重新抵在紙上。等到她終於歪歪扭扭地把圓畫好，白紙上已經到處都是因失敗而留下的鉛筆線。

「畫得真醜。」看著自己的傑作，性格好勝的沐荻伶不禁露出不是滋味的表情。

「如果能用左手……」

「那就會換成我畫不出來了。」夏冬青平靜地接口，視線停駐在自己空著的右手上，「跟妳不一樣，我是右撇子。」

「大部分的人都是吧。」沐荻伶把圓規交還給夏冬青，看著他行若無事地又畫了個圓。

「現在問感覺有點晚了，不過這個通靈儀式真的有用嗎？」

「有用啊……大概。」

「大概？」沐荻伶接過夏冬青遞過來的圓規，繼續努力嘗試畫圓，「我是不介意啦，但是我畫的圓都滿失敗的耶。」

「我知道。」

「這樣真的沒關係嗎？」

「嗯，因為這樣就能排除妳的嫌疑了。」

聽到這句話，沐荻伶的動作倏地停下。

「難道說，什麼通靈儀式都是騙人的？」

「妳該不會真的以為我會相信那種東西吧？」夏冬青把圓規從沐荻伶的手中抽走，左手也隨之鬆開，「只是測試一下妳非慣用手的靈活度而已，因為製作那塊巧克力的人同時用了左手和右手，而且雙手感覺都很靈便。」

「所以才用這種方法測試我啊？」

「畢竟妳也是嫌疑人之一。」夏冬青從抽屜裡取出巧克力，疲倦地嘆了口氣。

「妳看了就會知道我的意思了。」

「原來如此，確實是雙手都很靈便的感覺呢。」沐荻伶拿起巧克力，放在手中翻看了一會兒，露出玩味的笑容，「這麼做是為了不讓你認出身分嗎？」

「或許吧。」夏冬青不置可否地別過眼神，似乎不想輕易下定論。「反正看過妳用圓規就知道了，妳的右手……動作沒有像左手那麼細膩，對吧？」

「確實是這樣沒錯，像這個水波形狀的裝飾，我就做不出來。」沐荻伶隔著包裝袋，以指尖輕撫巧克力的表面。用刮刀畫出的水波紋，在平滑如鏡的磚體表面層層綻放。

「我懂了，因為我也是『班上的同學』，所以得用這種方式來排除我的嫌疑，是嗎？」

「差不多就是那樣。」

「那現在呢？」沐荻伶小心翼翼地把巧克力放回桌上，向夏冬青投以詢問的視線。

「知道這塊巧克力不是我送的之後，你打算怎麼辦？有辦法進一步縮小嫌疑人名單嗎？」

「在那之前，我想先釐清一件事。」夏冬青在面前交叉起手指，貌似不太想主動提起這個話題，「對方是基於什麼原因，在情人節這天送我巧克力的？」

「這還用問嗎？」不出所料，沐荻伶立刻笑了出來，「今天可是情人節喔，在情人節送巧克力給男生，只有一種意思吧？」

「不，就算是我當然也知道。但根據當事人心意的差異，情人節巧克力也分成兩種……」

「本命和義理，你指的是這個吧？」沐荻伶淺笑著接口，順著夏冬青的思路說下去，「這個巧克力做得這麼用心，你該不會還認為是義理巧克力吧？」

「誰知道呢。」雖然他也認為不太可能，但夏冬青還是不想就此下定論。

「本命巧克力是送給想傳達好感的對象，義理巧克力則是送給朋友……如果這是義理巧克力，應該就沒有匿名的必要了吧？」沐荻伶嘗試以常理切入，聽起來格外有說服力，但夏冬青還是搖了搖頭。

「如果這是本命巧克力，特地隱瞞身分才一點意義也沒有。」

「說不定人家只是害羞了？不好意思讓你知道她送你巧克力？」

「……女生原來是這麼麻煩的生物嗎？」

「就是這麼麻煩喔。」

「唉……」夏冬青長嘆一口氣，滿臉想放棄的樣子。

「說不定對方只是為了整我，才把事情搞得這麼複雜。」

「為什麼要想得這麼負面？」

「因為這個班上確實有愛惹事生非、腦袋又少根筋的人。」

「啊——」沐荻伶刻意拉長尾音，露出意味深長的笑容，「你在懷疑尤亞啊？」

「雖然不想有先入為主的想法……」夏冬青碰了碰巧克力，綻放在上頭的歪斜糖粒笑臉，與尤亞的臉龐隱隱重合。

「不過如果是尤亞，感覺就會一頭熱地做出這種事情，然後躲在旁邊，觀察你收到巧克力的反應——你是想這麼說的吧？」沐荻伶順暢地接話，忍不住輕笑出聲，「這麼一想，確實……就犯案動機來說，她是最有可能做出這種事的人了。」

「畢竟她是個笨蛋。」

「那麼，就由身為助手的我來正式提出這個假說吧。」沐荻伶把拳頭擺在唇前，煞有其事地清了清喉嚨。

「或許是覺得有趣，又或許是基於某種不明原因，尤亞做了這個巧克力，然後趁大家都不注意的時候，把它塞進了你的抽屜。」

夏冬青沉默了一會兒，最後只能無言地點頭，「不得不說，這種可能性很高。」

「那麼，接下來就到驗證假說的時候了。」沐荻伶「啪」地在面前合起手掌，向夏冬青展開淺笑，「犯人是尤亞，犯案時間是今天早上，犯案動機則是某種……嗯，只有尤亞才知道的理由？」

「這種說法感覺真差。」

「那麼，要以這個假設為前提去調查看看嗎？」沐荻伶側過頭，試探般地問道。

夏冬青望著窗外無垠的藍天，過了半晌才收回目光。

「沒記錯的話，巧克力螺旋捲午休時都會去動物救援社？」

「沒錯喔。」

「午休時間啊……」夏冬青掩住嘴唇，雙眼流露出滿滿的倦意。

「沐荻伶，到時候如果有人問我去哪，就隨便幫我編個理由混過去。」

「沒問題。」沐荻伶看著收起巧克力、毅然決然地趴回桌面上的夏冬青，輕聲笑道：「要開始行動了嗎？大偵探？」

「等午休時間到了再說……」

不過數秒鐘的時間，夏冬青就再度陷入沉睡。

沐荻伶繼續在前面的座位上坐了一會兒，直到上課鐘聲響起，才輕聲呢喃。

「這次你也能找出真相嗎？夏冬青。」

◆

拜睡了一整個上午所賜，當午休的鈴聲響起時，夏冬青的眼神比以往清澈了許多。他抓準同學們紛紛歸坐的時機，偷偷溜出教室，快步前往位於校園後方的動物救援社。

正午的陽光相當刺眼，等到他終於穿過操場，抵達與體育倉庫相連的社辦時，好不容易積累起來的精神又被消耗了不少。

夏冬青站在半掩的門板前，靜靜聆聽尤亞粗手粗腳地搬出食盆、分發飼料的聲音，直到裡頭傳來狗狗的躁動聲，才輕輕推開門。

動物救援社的社辦一如往常，狹小的空間內擠滿了分養動物的箱籠。

身為社犬、等待送養的波可和小鐵。

被棄養在河堤的兔子一家。

不知道從哪裡冒出來、由茗川學生送來的巨大蜥蜴。

翅膀受傷的斑鳩，還有學飛時從窩裡跌落的雛鳥。

這些需要幫助的動物，平常都是由尤亞一手照顧的。雖是男生也不一定做得來的體力活，她卻沒有半點怨言，始終以社長兼唯一社員的身分，努力維持活動。

「明明是個笨蛋。」夏冬青輕聲說著，在背後關上門。

「阿青？」注意到有人來訪的尤亞開心地回過頭，結果一不小心碰倒了腳邊的飼料袋。

伴隨「嘩啦啦」「哎喲」「砰匡」的一連串聲響，尤亞以滑壘的姿勢，漂亮地挽救即將傾倒的飼料袋，代價是把小白狗波可的狗碗踢了個老遠。

「歡迎……來到動物救援社。」尤亞豎起大拇指，以滑倒在地的姿勢「嘿嘿」地展開笑容。一旁失去午餐的波可，則以「妳在跟我開玩笑嗎」的眼神望向她。

「辛苦了。」夏冬青彎下腰，摸了摸波可的腦袋。

「為什麼這句話感覺不是在對我說的？」

「因為確實不是在對妳說的。」夏冬青直起身，舉目環顧四周。

社辦內依舊是那副彷彿剛經歷過世界大戰的景象，唯一和平常不同的地方，是掛在窗口通風處晾晒的T恤和運動短褲。

「妳在社辦玩水了啊，巧克力螺旋捲。」

「什……什麼玩水！養狗人的事，能叫做玩水嗎？」尤亞氣憤地揮舞拳頭，卻慘遭夏冬青無視。

「這次是幫誰洗澡？那隻蜥蜴？」

「怎麼可能，是波可跟小鐵啦。」尤亞「嘿咻」地從地上站起身，順手撿起波可的狗碗。

本名「鋼鐵加魯魯獸」的幼犬小鐵，此時正拚命嚼著自己碗裡的食物。明明吃得很多，牠卻遲遲沒有要長高的跡象，自從被尤亞收養以來，一直是那副狗小腿短的模樣。

「我今天校門一開就來了，把牠們兩個都洗得香噴噴的喔，阿青要不要抱抱牠們？」

「不用了。」夏冬青幫忙把飼料袋遞給尤亞，似乎對這件事不太起勁。

「我上次才幫牠們洗過澡……現在有點心理陰影。」

「啊哈哈，對耶。上次拉你來幫忙，結果小鐵拚命逃跑，波可洗完之後，還把你甩得全身都是水。」

「那真的不是人幹的。」

或許是回想起上次的慘狀，夏冬青默默地板起臉，尤亞則親暱地拍了拍他的肩膀，「俗話說一回生兩回熟嘛，多試幾次就不會發生那種狀況了啦。」

「所以妳今天被弄溼的原因是……？」

「小鐵拚命逃跑，波可洗完之後，把我甩得全身都是水。」尤亞再次豎起大拇指，徹底推翻先前「一回生兩回熟」的言論。

「果然一個人要控制兩隻狗實在是太困難了，下次還是老實點，找阿青來幫忙吧。」

「我拒絕，那種事去找社員做。」

「要是找得到社員的話，我早就找了啊！」

提到這件事，尤亞就不禁激動了起來。她把飼料袋往旁邊一扔，淚眼汪汪地抓著夏冬青的肩膀大力搖晃，「我上次還在朝會結束的時候，拿著招募社員的牌子拚命宣傳耶！為什麼還是沒有人想加入啦！」

「反正有沐荻伶跟短跑女常常來幫忙，應該沒關係吧？」

「怎麼會沒關係！有些比較辛苦的工作，我就不好意思拜託她們啊！」

「像是幫狗洗澡？」

「嗯、對。」

「那妳上次還硬拉我來幫忙。」

「因為阿青是男生啊，有句話不是這麼說的嗎？能力越大，責任越大。」

雖然很想吐槽「我可不記得自己有被變種蜘蛛咬過」，但夏冬青判斷再繼續瞎扯下去，肯定會沒完沒了，於是果斷地閉上嘴，轉身準備離開社辦。

「喂！等等啦！」趕在夏冬青打開門前，尤亞一把拉住他的手腕。

「所以你到底是來幹嘛的？」

「現在才問已經太晚了。」

「告訴我嘛告訴我嘛！難道說……阿青愛上我了？」

夏冬青默默轉過身，一記手刀劈在尤亞的頭頂上。

「啊嗚！」

「夢話等睡著再說。」

「我自認是才貌兼備的可愛女高中生欸？」

「這句話，只有女高中生的部分符合事實吧。」

「阿青好過分，不跟你好了啦！」尤亞用力扮了個鬼臉，卻慘遭夏冬青無視。

「我要回去睡覺了，再見。」

「啊，等等啦！既然都來了，就幫我一個忙好不好？」這次尤亞不再開玩笑，而是指著社辦一角的飼料袋，以認真的語氣拜託：「那袋飼料已經放到發霉了，得拿去丟掉，但我一個人搬不動，可以幫我一起把它搬到外面的推車上嗎？」

「……只有一袋？」

「嗯，真的只有一袋。」

經過尤亞再三保證，夏冬青才放棄回去睡覺，跟她一起來到社辦角落，兩人一左一右地站好，在尤亞的吆喝聲中合力抬起飼料袋。

材質粗厚的飼料袋果真十分沉重，完全不是一個普通女生能搬動的重量。夏冬青謹慎地調整重心，讓大部分的重量落在自己手上，才依照尤亞的指示，側身穿過入口，來到社辦外的小徑上。用來載運重物的推車就放在體育倉庫外頭，儘管只有數公尺的距離，這趟搬運任務還是因為尤亞腳下的踉蹌，顯得險象環生。

直到飼料袋終於安置在推車上，尤亞才如釋重負地吁了口氣。

「太好了，我一個人根本搬不動……」

「這麼多飼料都要丟掉嗎？」看著塞得滿滿的飼料袋，夏冬青忍不住詢問。他知道動物救援社的物資一直都不怎麼充裕，沒想到尤亞會這麼乾脆地把一整袋飼料丟掉。

「嗯，只要有一部分發霉就只能丟掉了，不然狗狗吃了會生病。」

「是嗎……」夏冬青看看推車，再看看崎嶇不平的石磚小徑，最後嘆了口氣。

「這是要推去垃圾場丟？」

「對。」尤亞一邊扭開澆花用的水龍頭洗手，一邊說道。

「我待會把東西收拾完就去丟，阿青你先回教室吧。」

「我等妳。」

「欸？」尤亞有些意外地抬起頭，不小心讓制服裙的一角被水花濺溼了，「阿青，你沒聽清楚嗎？我收完東西還要去倒垃圾喔？」

「嗯，我知道。」夏冬青抱起雙臂，半閉著眼睛，靠在做為校園分界線的鐵絲網上，「那袋飼料，我陪妳一起拿去倒。」

尤亞瞪大雙眼，嘴巴張成驚訝的「O」字型。

「妳要是做出一些誇張的反應，就當作我沒說過。」

「沒、沒有啦，只是想說……沒想到阿青也會有溫柔的一面。」尤亞用手指捲著髮尾，過了片刻才像是想起什麼般，慌忙地搖動雙手。

「這不是在說阿青是那種沒幽默感、又老是對我很嚴格的機掰人喔！」

「妳這不是已經說了嗎？」夏冬青冷靜地吐槽，旋即冷哼一聲，「我只對笨蛋嚴格，所以無所謂。」

「好過分！」

尤亞捧住胸口，裝出痛心疾首的模樣，發覺夏冬青只是直勾勾地看著她後，才收起玩鬧的態度，「開玩笑的啦，我其實是知道的喔，阿青是那種表面上對任何事都漠不關心，骨子裡卻很溫柔的人。」

「……妳腦子撞到了？」

「才沒有！」尤亞賭氣地鼓起臉頰，舉手往鐵絲網外一指，「不管是小伶還是我，之前那幾次，你都以『不讓任何人受傷』為前提解決事件了不是嗎？」

沿著尤亞手指的方向看去，正好能看見那棵在去年引發一系列騷動、現在已經開滿粉色花蕾的櫻樹。為了替姐姐復仇而化身為「櫻樹下的幽靈」的沐荻伶，當時就是在這棵樹下和尤亞相遇的。

明明再走錯一步就會墜入深淵，沐荻伶卻在夏冬青的幫助下解開心結，順利回歸校園，最終事件也和平落幕，

擅自挪用校外旅行費用的尤亞，也因為夏冬青選擇性的「不作為」而獲得救贖。

「對我來說，這就是所謂的溫柔喔。」尤亞堅定地看著夏冬青，讓他有些不自在地別過眼神。

「……也不是每次都沒人受傷。」

至少在「人臉符號事件」時，身為主犯的蝌蚪和李信就因藏匿毒品遭到警方逮捕。曾以暴力威脅沐荻伶等人的蝌蚪，甚至被滅火器重擊了後腦杓，怎麼看都不像「沒受傷」的樣子。

「如果有那種事事都能做到完美的人，我應該沒辦法跟他好好相處吧。」尤亞吐吐

舌頭，有些靦腆地笑了，「所以這樣就很好了，阿青保護了小伶、小靜和我，對我來說就已經是一百分了。」

「不，妳們自己就能保護好自己了，我什麼都沒有做。」夏冬青淡淡地否認，略帶暖意的春風從兩人身後吹來，將男孩的話語帶往遠方。

「就算我完全不插手，頂多就是多出幾個新的『茗川高中七大不可思議』而已。不管是妳、沐荻伶還是短跑女，都不會有事……只要沒有偵探，犯人就永遠不會被抓到。」

當然也不會遭遇任何危機——夏冬青沒把這句話說出口，尤亞卻能理解他想表達的意思。沐荻伶會得到她心心念念的復仇機會，尤亞也會在無人察覺的情況下，順利把挪用的校外旅行費用補上。當然，李靜更不會為了阻止堂哥的犯行而身陷險境。

不去觸碰的話，謎團就終究是謎團，偵探卻成了將布簾掀開的角色。

隱藏在帷幕之後的，除了真相以外，還有隨之而來的「危機」。

真正威脅到尤亞等人的，不是別人，正是「茗川高中的福爾摩斯」——夏冬青。

「阿青是這麼想的嗎……」尤亞來到鐵絲網旁，輕輕用指尖勾住縱橫的金屬網格。

她凝視著豎立在土丘上的櫻樹，再度回過頭來時，臉上已經掛著平靜的微笑。

「我一直都認為阿青你是特別的，並不是因為你能成為『名偵探』，而是因為你是『會保護怪盜的名偵探』。」

「會保護怪盜的……名偵探？」

「沒錯。保護有很多形式，不是確保了人身安全就叫做保護。」尤亞將手掌放上胸口，以輕鬆的語調說道。

「阿青應該也知道吧，其實所有的怪盜，都在尋找比犯罪本身更重要的事物喔。」

乍看之下，目的是「復仇」的沐荻伶，其實是希望有人能察覺到自己的懊悔和自責。

乍看之下，目標是「金錢」的尤亞，則是為了拯救生病的小狗。

夏冬青連這點也一併看穿，並選擇了能夠保護她們的解決方案。

「對我來說，真正的名偵探除了可以看穿真相之外，也要能看穿人心。」尤亞把手掌放到夏冬青的胸膛上，以認真的眼神望著他。

「每個推理故事的結尾，都是怪盜被名偵探繩之以法。但是阿青不一樣，在你的故事裡，名偵探會找出怪盜在尋找的……比犯罪本身更重要的事物，然後把那個東西交給怪盜，告訴他『已經可以了』『犯錯了也沒關係』。」

對沐荻伶來說，是擺脫仇恨、懊悔，重新找回日常的那分安全感。

對尤亞來說，則是來自旁人的理解和原諒。

兩人都在事件的最後，取回了「重要的東西」。

夏冬青知道尤亞指的就是這些，但他依然不想把功勞歸於自己，「都是運氣好而已，我沒有妳說的那麼了不起。」

「啊哈哈，不是當事人的話，可能會有點難理解吧。」尤亞用力拍了拍夏冬青的肩膀，讓他因吃痛而皺起眉頭。

「既然如此，阿青你只要記住一件事就好。」

「什麼事？」

「我們很高興自己遇到的是你，真的。」尤亞把雙手揹在身後，向夏冬青展開大大的笑容。

「所以要一直和我們當朋友喔，阿青。」

夏冬青沉默了一會兒，接著難得的……真的很難得地向尤亞勾起嘴角，兩人交換了心領神會的眼神。

「總感覺會很麻煩，可以不要嗎？」

「咳……咦?!」尤亞震驚地跳起來，差點被自己的口水嗆到。

「剛才那個氣氛是可以接這句臺詞的嗎？有哪裡搞錯了吧！」

「為什麼不能接這句臺詞？」

「不是……那你剛剛幹嘛對著我笑？」

「沒什麼，就是覺得妳肉麻得有點可笑而已。」

「可……可笑?!說我可笑就太過分了喔！喂！警察先生，這裡有個講話超過分的混蛋啊！」

「妳再亂叫我就要回去了。」看著把手掌靠在嘴邊大聲嚷嚷的尤亞，夏冬青筋疲力盡地嘆道。

想起那袋飼料還沒拿去丟的尤亞立刻閉上嘴，忍耐了一會兒才鼓起臉頰，大肆宣洩著不滿，「明明人家好不容易才說了幾句帥氣的話，就不能稍微配合一下嗎？」

「妳真以為我是那種會看氣氛的人嗎？」

「唔，不覺得。」

「那就對了。」夏冬青逕自越過尤亞，雙手往推車的握把上一搭。

「妳不是還要收拾什麼東西嗎？」

「嗯嗯，要收波可牠們的飯碗。」

「那就快點。」夏冬青打了個呵欠，毫不掩飾臉上的倦意，「我想早點回去睡覺。」

「喔、好……」受到單方面命令的尤亞縮了縮脖子，匆匆奔入社辦。

等到兩人終於倒完垃圾、歸還推車，午休時間已經剩不到十分鐘。

——這種校園生活，要是換成自己，絕對會吃不消。

夏冬青悄悄地用指尖捏緊鼻梁，以此提振萎靡的精神。

當兩人踏上通往校舍的階梯時，尤亞突然輕聲開口。

「其實……我一直很羨慕阿青你們。」

夏冬青沒有回答，只是以眼神表達疑問。

「不管是阿青、小伶還是小靜，都是很有才華的人。阿青和小伶的頭腦很好，小靜很努力，在田徑隊的成績也越來越亮眼了。就只有我……感覺笨手笨腳的，什麼都做不好。」

「妳現在才發現？」

「噗嗚。」尤亞發出橡膠玩具被踩扁時的聲音，淚眼汪汪地低下頭，「阿青好過分，人家好不容易才鼓起勇氣向你坦白的，居然連安慰都不安慰一下……」

「巧克力螺旋捲，妳是個笨蛋，腦袋少根筋又整天愛裝模作樣。」

「噗喔！」

「但是妳也有特別的東西。」夏冬青一把抓住尤亞的手腕，讓她的臉頰瞬間染上一抹紅暈。

「難、難道說……是漂亮的纖纖玉手？」

「並沒有。」夏冬青白了她一眼，直接了當地把尤亞的手掌翻過來，讓她的手心朝上。

「妳把這稱為纖纖玉手？」

仔細一看，就能發現尤亞的手掌因為照顧動物，掌心各處都長出了清晰可見的細繭。

搬動重物、擰乾抹布、刷洗地板，各式各樣的勞務讓尤亞的手掌一次次地磨破、癒合，最後留下這些粗糙卻柔軟的細繭。就像經過無數次鍛造的盔甲般，這雙不像是女高中生會擁有的手，就是尤亞不斷付出努力的證明。

「儘管為此感到自豪吧。」夏冬青輕描淡寫地表示。

「那是我和沐荻伶、短跑女都沒有的東西，也是妳的寶物。」

「這是我的……寶物。」尤亞盯著手心，過了一會兒才展開笑容，「嗯，我懂你的意思了。謝謝你，阿青。」

「不客氣。」夏冬青鬆開尤亞的手，正想走上樓梯，左手卻被一把扯住。

「……又怎麼了？」夏冬青回頭看向尤亞，神色間透出一絲不耐。

「阿青說了讓我高興的話，所以我決定要跟你手牽手一起回教室。」

「可以不要嗎？」

「不可以！」尤亞一口拒絕夏冬青的請求，開開心心地拉著他步上階梯。

女孩的手掌相當溫暖，這讓本想藉機抽出手的夏冬青慢慢放鬆下來。

反正午休時間不會有人出現在樓梯間，在這邊跟尤亞拉拉扯扯也不合他的性格。

夏冬青就這麼任由尤亞握著自己的手，直到抵達教室所在的樓層為止。

第7章

克莉絲蒂的巧克力（二）

「不是她。」

午休結束後，夏冬青對著來到座位前的沐荻伶丟出結論。

「喔？這麼肯定？」因為夏冬青的態度相當果斷，沐荻伶不禁露出感興趣的表情。

「時間對不上。」儘管已經是眼睛都要閉上的狀態了，夏冬青還是耐著性子解釋。

「沐荻伶，妳應該知道學校每天開門的時間吧？」

「印象中是早上六點半左右？」

「沒錯。」夏冬青點點頭，盡可能簡潔地說明，「波可和小鐵……動物救援社的兩隻狗今天都洗了澡，這個工作至少得花上一個小時，而且中途不能離開，加上救援社的日常勤務，時間還會拉得更長。我之前被巧克力螺旋捲拉去幫忙過，所以很清楚。」

「我懂了。」沐荻伶用指尖支起下巴，認真地思考了起來。

「教室開門的時間是早上七點，遲到鐘響的時間則是七點半，就算尤亞校門一開就衝去社辦，也來不及在你到校之前把巧克力放進抽屜。你指的是這個意思，對嗎？」

「嗯。」

「確實，這樣尤亞就有牢靠的不在場證明了……」沐荻伶沉吟了一會兒，隨即像是想到什麼般，嫣然一笑。

「連她也排除嫌疑的話，可能的人選還有一個喔。」

「還有一個？」

「那個人完全可以在神不知、鬼不覺的情況下，把巧克力放到你的抽屜裡。」沐荻伶豎起食指，故弄玄虛地眨眨眼。

「單論犯案能力，她的嫌疑最大，畢竟她每天都是班上第一個進教室的。」

夏冬青嘆了口氣，他當然知道沐荻伶指的是誰，「是在說短跑女嗎？」

「答對了，真不愧是名偵探。」沐荻伶輕輕拍手，嘴角揚起一抹笑意。

「以時間來說，持有教室鑰匙、每天早上都會第一個來開門的李靜同學嫌疑最大，我們或許可以往這個方向調查看看。」

「短跑女啊……」夏冬青沒有馬上回答，而是撫著嘴角陷入沉思。

老實說，他和李靜算不上熟稔，兩人是因為尤亞才開始有交集的，獨處的次數也近乎為零。在這樣的前提下，夏冬青不認為李靜對自己的好感度，有高到會在情人節當天送出手做巧克力的程度。但只要可能性不為零，就有徹底清查的必要，或許真相就藏在這種不起眼的角落裡。

下定決心後，夏冬青揉揉眼角，再次趴了下來，打算趁下次行動開始前養足精神。

「沐荻伶。」

「我在。」

「我得跟短跑女單獨談談。」

「沒問題，交給我吧。」沐荻伶笑了笑，不等夏冬青回應就翩然離去。

下午的美術課在文科教學樓，是除了體育、音樂課外，少數需要換教室的課程。為了避免獲得不及格的評分，夏冬青強撐著睡意，把今天一定得上交的畫作完成。

作業的主題是人像畫，老師希望他們能以家人、朋友的照片做為範本，練習基本的素描和上色技巧。可想而知，夏冬青並沒有什麼朋友的照片能拿來臨摹，所以用的是老家相框裡的舊照片。

面容慈和的夏爺爺抱著當時還在襁褓中的夏冬青，旁邊則站著年紀還小的姐姐夏秋凝。因為照片裡一共有三個人，所以他花了比其他同學更多的時間去繪製作品。

直到下課鐘聲響起，夏冬青終於把凝固在秋凝嘴角的笑意勾勒完成，一下子放鬆下來的精神，讓倦意一口氣襲來。他順手收起放在桌上的照片，打算離座去繳交作品時，肩膀卻被某人輕拍了一下。

「別回頭。」沐荻伶的聲音在他身後響起，刻意壓低的柔美嗓音，以剛好不會被周遭的吵雜聲蓋過的音量說道：「待會你留下來跟李靜同學一起值日，我會想辦法把尤亞支開，明白了嗎？」

只花一秒就理解情況的夏冬青緩緩點頭，看來沐荻伶打算在班上同學離開美術教室後，替他們製造獨處的機會。

按照規定，值日生得留下來收拾美術用具和同學繳交的作品，不過夏冬青今天不是值日生，他猜沐荻伶多半用了某種手段，把這項工作推到了他和李靜頭上。

用眼角餘光確認沐荻伶的身影逐漸遠去，夏冬青嘆了口氣，捏住畫紙的兩個角落，起身往教室前方走去。李靜正待在那裡，協助同學們把畫作放到金屬架上。

「我也來幫忙。」夏冬青逕自排開人群，首先把自己的畫作擺到架上，接著回身接過同學們紛紛遞過來的圖畫紙。

這項工作持續了大約五分鐘左右，等到排隊的隊伍全數消耗完畢，美術教室就只剩下李靜和夏冬青兩個人了。

「老師把鑰匙留給我了，說等我們把用具整理好，再拿到辦公室還她。」李靜用指尖晃著銀色的教室鑰匙，語氣有些無奈。

大概是穩重又懂事的性格深得大人的信任，李靜總是會接到幫忙保管東西或開關門的工作，不過夏冬青懷疑美術老師這次的提前離開，說不定也在沐荻伶的算計之中。

「……早點開始整理吧。」夏冬青望了桌上堆著的、班上同學歸還的大量繪畫用具一眼，忍不住沉下了臉。不一會兒後，空蕩蕩的美術教室裡就只剩下兩人收拾雜物的聲音。

因為是「朋友的朋友」，夏冬青和李靜一下子無法掌控彼此間的距離，兩人好一段時間都沒有開口說話，只是默默整理著一片狼藉的桌面。

正當夏冬青認真考慮著要以什麼方式打破這陣沉默時，李靜突然放下堆疊到一半的調色盤，轉頭望向他。

「夏冬青同學。」

勇氣。

「……嗯？」

李靜挺直背脊，眼神閃爍不定，看來光是向夏冬青搭話，她就需要鼓起十二萬分的勇氣。

「有件事，我一直很想跟你說。」

「什麼事？」

李靜欲言又止地閉上嘴，糾結片刻後，才像是下定決心般深吸了一口氣。

「是關於信哥那件事。」

聽到李信的名字，夏冬青的心頭微微一震。

「他怎麼了嗎？」

「我一直找不到機會好好跟你道謝。」

「我不記得自己有做過什麼值得被感謝的事。」

「你是這麼認為的嗎……」夏冬青回答得很冷淡，這讓李靜不禁尷尬地別過眼神。

把清洗好的調色盤整齊疊好，倒扣著放到瀝乾架上後，李靜才輕聲開口。

「那時候，謝謝你在危急時刻趕來救我們。」

夏冬青沒有回應，只是默默地把另一疊調色盤遞過去。

李靜接過後沒有馬上縮手，而是直視夏冬青的雙眼。

「還有，謝謝你把信哥從那種處境裡拖出來。以他的個性來說，這樣肯定比繼續替那種人做事要來得好。」

「只是碰巧的而已。」李靜的眼神相當真誠，這令夏冬青感到有些不自在。

「要是知道事情會變得這麼麻煩，我打從一開始就不會插手了。」

「要是你更早知道那些符號和『天使之翼』有關，應該會想出其他辦法來阻止信哥他們吧。」李靜稍微修正了夏冬青的發言，細長的眼眸中透露出些許笑意。

「還是我把你想得太過熱心了？」

「對，妳把我想得太熱心了。」夏冬青直截了當地承認，「我們再怎麼說也只是高中生，根本就不是真正的犯罪者的對手。考慮到安全問題，頂多就是幫忙報警……」

「就算我哭著求你幫幫信哥也一樣？」李靜睜大雙眼，神情相當認真。

看著她這副模樣，夏冬青頓時陷入沉默。

「對吧？」李靜笑了笑，轉身把成堆的調色盤置於瀝乾架上，「雖然不像尤亞她們一樣這麼了解你，不過經過上次那件事後，我也稍微發現你比較像普通人的一面了。」

「意思是說，我看起來不像個普通人？」

「呃，不是……」察覺到自己的失言，李靜張了張嘴，最後還是放棄般地低下頭。

「抱歉，老實說……我一直有點怕你。」

「哪方面？」

「感覺什麼事情都會馬上被你看透，讓我沒什麼安全感。」李靜抱住自己的肩膀，露出苦笑，「這樣說會不會很壞？」

「沒關係。」夏冬青淡然回答，把最後一疊調色盤放上瀝乾架，「我其實沒有很在意別人對我的看法。」

「哈哈，我想也是。」

整理完美術用具後，接下來就是把同學們交上來的畫作按座號順序排好。大家為了節省時間，剛剛都是把畫作直接放在架子上就走，現在要按照座號重排，可說是個大工程。

李靜拉開底層的幾個金屬架，以幾不可聞的音量喃喃道。

「不過現在已經不怕了。」

「……」夏冬青看著蹲在地上的女孩，不發一語地遞出一號同學的畫作。

「就、就像剛剛說的，我現在已經知曉夏冬青同學像普通人的那一面了，所以……」

李靜的臉頰突然染上紅暈，她咬了咬嘴唇，迅速把圖畫紙接過，並放到架上。

在夏冬青的注視下，李靜猛然站起身，深深吸了一口氣後，在胸前緊握住拳頭。

「我們之前……連話都沒怎麼說過，對吧？」

「……我本來就不太跟別人說話。」

察覺到李靜似乎有重要的話想說，夏冬青放下二號同學的作品，靜靜地對上她的目光。

「雖然這麼說有點突然……」李靜猶豫了一下，最後還是用力地低下頭。

「夏冬青同學，對不起，之前一直對你有一些先入為主的成見。要是你不嫌棄的話，希望……希望……」

夏冬青沒有插口，而是耐心地等待李靜把話說完。

數秒鐘後，滿臉通紅的李靜才豁出去般地大聲說道：

「希望你之後也能和我做朋友！」

夏冬青沉默了一會兒，眼神中隱約透露出些許無言。

「可以啊。」

「咦？可以嗎？」或許是夏冬青答應得太爽快，李靜不禁露出震驚的表情。

「妳原本以為我會拒絕嗎？」

「我以為夏冬青同學是那種討厭跟人來往的類型。」

「是那樣沒錯。」夏冬青再度遞出二號同學的畫作，這回李靜小心翼翼地接了過去，把它放到底層的架子上。

「不過如果是妳的話，就沒關係。」

「沒關係嗎？」

「因為妳跟其他人不一樣。」

李靜眨著細長的眼睛，似乎不太明白夏冬青的意思。

「因為我不像尤亞那樣囉嗦？」

「這只是一部分原因。」

「居然占了一部分原因嗎……」

「我這麼問好了，妳加入田徑隊以後，蹺過幾次練習？」眼看要是把這個話題延續下去，可能會演變成對尤亞的人身攻擊，夏冬青乾脆地轉過話鋒。

「不算生病請假的話，應該一次也沒有？」

「嗯。」夏冬青點點頭，「不論什麼事都認真以對，這就是妳的優點。」

說到這裡，他順手拿起晾在金屬架上的另一幅畫，將之攤開在李靜的面前。

「這是妳畫的吧？」

在圖紙上，用水彩和色鉛筆細心地勾勒出尤亞、李靜和沐荻伶，三名女孩肩並肩地展開笑容的模樣。儘管素描的技法未臻成熟，線稿和上色的筆觸卻相當細緻且沉穩，一筆一畫間，皆能看出繪者對待作品的認真態度。

「我們不是美術專業的學生，所以大部分的人都只是敷衍了事。」夏冬青放下圖紙，雲淡風輕地道：「不論是擅長還是不擅長的事都能認真以對，這就是妳和別人不一樣的地方。」

「雖然很高興你能這麼說，」李靜靦腆地掩住嘴唇，視線在不經意間別開，「不過這種程度，誰都能做得到……」

「以防妳不知道，這張是巧克力螺旋捲畫的。」

夏冬青拿起另一張圖紙，上頭是由歪斜線條構成的抽象畫作。

擁有巧克力色髮尾捲的少女、綁著馬尾的女孩，以及面露笑容的黑髮少女並肩而立，臨摹的照片明明應該和李靜是同一張，尤亞那令人搖頭的畫技，卻硬生生地把女孩們畫成了小學生塗鴉般的模樣。

在她的筆下，三名女孩高舉雙手，在草原上愉快地奔跑，天空中還用彩色筆寫著「HAPPY～HAPPY～」的字樣，讓人完全無法理解作畫者的意圖。

「抱歉，我收回前言。」李靜掩住雙眼，不忍直視尤亞的傑作。

「順帶一提，這個東西好像是我。」夏冬青面無表情地指著畫面右下角，一坨像是蝸牛般的軟爛東西趴在地上，不省人事。

原始照片中當然沒有出現夏冬青，所以尤亞貼心地在旁邊拉了個箭頭，標註上「阿青」兩個字。

「對不起，我代替尤亞跟你道歉。」李靜用力合十雙手，像是在替闖禍的妹妹致歉般，深深低下頭。

「這樣能明白了嗎？因為妳對待任何事情都很認真，所以我不擔心妳會像沐荻伶或巧克力螺旋捲那樣難以應付。」

「意思是說……你真的願意和我當朋友？」李靜抬起臉龐，試探性地問道。

「當我的朋友可沒什麼好處，我很懶得社交。」夏冬青哼了一聲，事先申明立場，「如果妳不在意這點，我們就可以當朋友。」

「只是這樣的話，完全沒有問題喲。」李靜直起身，笑著向夏冬青伸出手，「我看過很多自稱是朋友、遇到事情卻只會推託的人。和那些人相比，夏冬青同學要好太多了。」

「是嗎？」夏冬青盯著李靜朝自己伸來的那隻手，眉心不禁一緊。

「妳的手……」

「啊，你說這個嗎？」注意到纏繞在左手上的繃帶，李靜伸了伸舌頭。

「我都忘了，前幾天在田徑隊搬器材的時候夾傷了，現在左手不太能動……欸？」

無視李靜的驚呼，夏冬青一把抓住她的手腕，把包裹著繃帶的那隻手拉到面前，仔細查看。

「怎、怎麼突然……？」

「看起來是真的受傷了。」

「當然是真的，我騙你做什麼。」李靜縮回被夏冬青抓住的左手，忍不住嗔道。

「只是皮肉傷而已，現在已經快好了，只要不勉強用力就不會痛。」

「妳是左撇子？」

「不，我是右撇子，所以左手受傷其實對我影響不大。」李靜搖搖頭，接著像是擔心夏冬青又會做出什麼出乎意料的事情般，伸出沒受傷的右手，緊握住他的手掌。

「夏冬青同學，以後我們好好相處吧。」

「嗯。」

「趁著這個機會，我想問你一件事情。」李靜牢牢盯著回應問題時不怎麼帶勁的夏冬青，不讓他有逃跑的機會，「以朋友的身分。」

「是很麻煩的事情？」預先被扣了個大帽子的夏冬青忍不住皺起眉頭。

「你只要回答是或不是就好。」大概是摸熟了夏冬青的性格，李靜毅然表示。

「不管你回答哪一邊，我都保證不會繼續追問，這樣可以嗎？」

「好吧。」雖然有點懷疑會不會是什麼奇怪的問題，但繼續糾結這點並不符合夏冬青的個性，於是他平淡地點了點頭，「我會盡可能在不麻煩的範圍內回答。」

「那我就不客氣地問了。」李靜斟酌了一下語句，最後還是決定以最直接的方式提問。

「你和沐荻伶同學……正在交往嗎？」

夏冬青一瞬間陷入沉默，過了一會兒才做出回應。

「沒有。」

「抱歉，我不是想打探你的隱私！」或許是意識到自己問得太過直接，李靜慌張地連連搖手，「只是因為……你好像只有在面對沐荻伶同學時，會好好叫她的名字，我跟尤亞都只叫綽號，所以才以為……」

「那是有原因的。」眼看再不做解釋，狀況會變得越來越麻煩，夏冬青忍不住嘆了口氣。

他確實只有在叫沐荻伶的時候，才會好好地叫出全名，像尤亞就被取了「巧克力螺旋捲」的綽號，李靜則以「短跑女」代稱。以外人的角度來看，難免會有種親疏有別的感覺。

「和妳們不一樣，沐荻伶她……需要有人這麼叫她。」

「這是什麼意思？」李靜歪過頭，明顯不明白夏冬青這麼說的原因。

「她是個堅強又獨立的人，不過也因為這樣，她在很多方面都意外地脆弱。」夏冬青往後靠在牆角處，慢吞吞地說。

「害怕失去……害怕遺忘，沐荻伶是那種需要有人時刻提醒她一切都好，否則就會沒有安全感的類型。」

「所以才堅持叫她的名字嗎？」

「這麼做能營造日常感……雖然不知道效果如何就是了。」

「日常感嗎……」李靜似懂非懂地點點頭，順勢指了指自己，「既然如此，之後可不可以也用名字叫我？」

「為什麼？」

「我們是朋友吧？」

「……妳想讓我叫妳李靜嗎？」

「或是單叫名字也可以。」

「像是『靜』？」

「唔唔。」雖然是自己要求的，但真的被這麼叫了之後，李靜不禁滿臉通紅。

「抱歉！單叫名字果然還是太害羞了，叫我李靜吧！」

「隨妳高興。」

兩人一邊談話、一邊繼續排列畫作的聲音，從沒關緊的教室門縫中傳出。

沐荻伶背靠著門板，仰望遍布藍天的蓬鬆雲朵。

她悄悄垂落眼簾，嘴角浮現一抹淺笑。

◆

「不是她。」

以此做為開場白，夏冬青疲倦地坐回位子上。

再度占據前方座位的沐荻伶伸了個懶腰，像貓一般地趴在夏冬青的桌面上。

「為什麼這麼肯定？」

「理由很簡單。」夏冬青拿出包在透明包裝袋裡的巧克力，意有所指地點了點塑膠袋表面，「我剛剛確認過，李靜的左手手指在練田徑的時候被器材夾傷了，那種狀態下不可能做出這個。」

「你是指……」

「裝飾在最上面的巧克力玫瑰花。」夏冬青注意著不要碰壞造型精緻的玫瑰，用指尖沿著花朵根部畫了一圈。

「兩朵玫瑰上都有左手拇指的壓痕，我稍微比對了一下，對方是從左側一層一層地貼上花瓣的，要做到這種事情，左手得相當靈巧才行。」

「我記得李靜同學是右撇子，你又說她的左手在幾天前就受傷了……」

「沒錯，所以她不可能是犯人。」夏冬青冷靜地接口。

「我剛剛也看了她的美術課作品，她連對待學校作業的態度都很認真，不太可能在拿來送人的巧克力上弄出這個。」

夏冬青指的是由彩色糖粒和碎堅果組成的歪曲笑臉。做為最後裝飾、撒在表面的這抹笑容，隱隱透出渾沌與邪氣，將巧克力本身的細緻美感徹底破壞。

「我到現在還是不明白……」夏冬青扶著額頭，疲倦地喃喃說道。

「這張笑臉到底想表達什麼？還有為什麼是笑臉……」

巧克力上的笑臉像是在嘲笑他的煩躁般，靜靜咧開嘴角。

看著陷入瓶頸的夏冬青，沐荻伶思索片刻後，再度豎起食指。

「那麼，就讓我以助手的身分，再次提出另一個假設吧。」

夏冬青稍稍抬起眼神，向她投以疑問的視線。

「目前我跟尤亞，還有李靜同學的嫌疑都被排除了。」沐荻伶掰著纖細的手指，逐一點過三人的姓名，「不過就算扣掉我們，班上還有十幾個女生，這其中說不定就有雙手都能靈活運用，又對你抱有一定好感的女孩子。」

「雙手都能靈活運用，又對我抱有一定好感的……」夏冬青低聲複誦沐荻伶的推論，視線在教室內緩緩掃過。

這樣的可能性確實不為零，但要是採納了這個假設，需要調查的範圍就會進一步增加，也更容易誤入邏輯的盲點之中。

「真是麻煩。」夏冬青閉上雙眼，思緒不由得往另一個方向飛馳而去。

既然用逐一排查的方式行不通，那就試著從現有的資訊著手。

首先，這個巧克力是以「匿名」的方式，在「情人節」這天送出的。

對方選擇用這種方式送禮，要傳達的訊息其實很明顯。

──來找出我的身分。

──在情人節結束以前。

在犯人是茗川高中學生的前提下可以假定，無論是否能找出對分的真實身分，都會有「某件事」即將在今天放學後發生。

因為對彼此的關係止於校園內的高中生而言，情人節的最後期限，就是在放學鐘響的那一瞬間。

那一刻，將會有「某件事」發生。

夏冬青如此確信。

畢竟所有怪盜，都渴望著被名偵探發現，而他們也都在尋找比犯罪本身更重要的事物。所以送出這個巧克力的人，絕對不會放任真相就此石沉大海，而是會用華麗的表演，替這起事件拉下帷幕。

在放學鐘敲響的那一刻，怪盜會現出原形，那也是解開謎題的最後時限。

現在距離放學只剩下兩、三個小時的時間了，調查了一整天、又再度回到原點的偵探，究竟有沒有辦法憑手中的線索推理出真相？

夏冬青沉默了半晌，最後將臉龐埋入臂彎。

「怎麼？要放棄了？」沐荻伶推推他的肩膀，輕聲笑道。

「先睡一下。」夏冬青含糊不清地咕噥了一句，意識就此沉入夢鄉。

◆

等夏冬青再度睜開眼睛時，距離放學時間只剩下十分鐘。

今天的最後一堂課是數學課，老師在黑板上列出長到繞地球一周也不奇怪的算式，並叫同學們拚死也要全盤理解。

看著像列車般蜿蜒爬行的數學公式，夏冬青輕按鼻梁，想藉此抓住腦中閃過的某樣東西。

可以稱之為靈感、也可以稱之為猜測的某物，化為一道隱約的白影，在剛恢復清醒的腦海中晃來晃去，時而顯現，時而消失。

夏冬青撐著半閉的睡眼，依序望向尤亞、李靜和沐荻伶三人的座位。

聽膩數學課的尤亞，在椅子上不安分地扭來扭去，頻頻抬頭確認掛鐘上的指針。李靜則緊皺眉頭，努力和艱難的數學題搏鬥。

至於沐荻伶，在注意到夏冬青的視線後，回眸向他嫣然一笑。

夏冬青垂落眼簾，在腦中晃盪的「某物」之樣貌逐漸變得清晰。

看著從抽屜裡露出的透明包裝袋一角，他握緊拳頭，撐起趴在桌面上的身體，靠在椅背上。

他知道犯人是誰了。

答案其實出乎意料得簡單，只是其中仍有令人費解的疑點有待釐清。

從口袋中掏出手機，夏冬青毫不遮掩地打開通訊軟體，在上頭鍵入文字。

他要讓怪盜知道，他準備好要去赴約了。

就在對方搭建的舞臺上。

按下「傳送」鍵後，夏冬青毫不客氣地趴了回去。如果是尤亞，這時候應該會擺出帥氣的姿勢，高喊「案件告破」之類的臺詞，不過這麼做不合他的個性。

夏冬青重新閉上雙眼，決定在睡夢中渡過情人節最後的十分鐘。

放學時間來臨，夏冬青罕見地沒有早早收拾東西回家，而是趴在桌上，等到所有人都離開教室後，才獨自來到校園外圍的人行道上等待。

位於茗川河堤對岸的此處種了成排的櫻花樹，這陣子又剛好是花季，嬌豔欲滴的花朵大肆綻放，將校園周遭染上柔美的粉色。

雖然是難得一見的美景，但茗川的學生早就看慣了，再加上這條人行道不在通勤的動線上，因此放眼望去，附近幾乎看不到半個人影。

夏冬青往校園的圍牆上一靠，閉上眼睛，靜靜感受吹拂於臉龐的微風。

他在等。等待真相揭露的時刻來臨。

幾分鐘後，不遠處傳來一陣凌亂的腳步聲。

夏冬青緩緩睜開雙眼。會覺得腳步聲凌亂，是因為朝這裡走來的不只一人。

不一會兒後，三道熟悉的身影就出現在他的面前。

夏冬青直起身，離開圍牆邊，來到人行道中央。

「怎麼突然把我們都叫來了?」毫不掩飾、直接發問的，是面露淺笑的沐荻伶。儘管收到了「放學後在學校東側集合」的莫名訊息，她仍是一副游刃有餘的模樣。

「我是趁著訓練的空檔過來的，可能不能待太久……」身穿背心和運動短褲的李靜一邊在意著四周，一邊拭去臉頰的汗水。

站在兩人中間的尤亞則鼓起臉頰，向夏冬青用力揮舞拳頭。

「我以為這是阿青的約會邀請才來的！這兩個女人又是怎麼回事？阿青你這個渣男！負心漢！意圖擁有三妻四妾的花心大蘿蔔！」

為了避免狀況進一步失控，夏冬青默默舉起手，示意尤亞安靜下來。

「我不想耽誤妳們的時間，所以會盡量長話短說。」

說到這邊，夏冬青瞄了尤亞一眼，警告她不要隨便插嘴。

「妳們對推理小說的理解有多少？」

「推理……」

「小說？」

「柯南那種的？」

沐荻伶、李靜和尤亞三人面面相覷，明顯對夏冬青大費周章地把她們叫來，居然就是為了問這種問題而感到不解。

「照實回答就好，就當作是給個參考。」夏冬青貫徹一直以來的「因為解釋起來很麻煩，所以別問」的態度，在胸前抱起雙臂。

「推理小說啊……我平常不太看書耶。」李靜點著下巴，露出苦惱的表情，「硬要說的話，串流平臺上的偵探影集多少有看過一點，這種的算嗎？」

夏冬青不置可否地「嗯」了一聲，轉而將視線移向沐荻伶。

「知名度高的作品大部分都有看過，比較大眾的像是福爾摩斯、亞森．羅蘋系列、阿嘉莎．克莉絲蒂的幾部作品，日本的東野圭吾、夢野久作、米澤穗信之類的。」沐荻伶歪過頭，彎著手指一個個細數。

「大概就是書店會放在店頭展示的那些作品，再冷門一點的就沒看過了。」

「不，這樣就已經很多了。」夏冬青點點頭，似乎是認可了沐荻伶的閱讀量。

注意到他的反應，尤亞驕傲地挺起胸膛。

「至於我的話，柯南……」

「嗯，我知道。」毫不留情地打斷尤亞的自白，夏冬青鬆開抱在胸前的雙臂，向三人攤開手掌。

「妳們聽過『東方快車謀殺案』嗎？」

沐荻伶立刻點頭，李靜則猶豫了一下才跟著點頭。

「只聽過名字，印象中是發生在列車上的謀殺案？」

「我知道！打敗跟火車融合的鬼之後，橘色頭髮的劍士就被另一隻更強的鬼幹掉了！」

尤亞的發言牛頭不對馬嘴，因此所有人都選擇無視她。

「『東方快車謀殺案』是阿嘉莎．克莉絲蒂的經典推理作品。」夏冬青斜過目光，望向嘴角隱隱含笑的沐荻伶。

「接下來會涉及劇透，沒關係吧？」

「我已經看過原著了，你問問她們兩個吧。」

面對夏冬青投來的詢問視線，李靜和尤亞同時點了點頭。

「如果妳們對劇情的細節有興趣，可以去找原作來看，這邊就只講重點……」夏冬青撫著嘴角，思考了一會兒才緩緩開口。

「在一輛開往倫敦的長途列車上，一位旅客被謀殺了。」

經典的推理故事開頭，永遠伴隨著屍體。

「奇怪的是，屍體上的十幾處刀傷有深有淺，深的足以致命，淺的像是刮傷。用刀的手法時而粗暴，時而軟弱，看起來既像右撇子，也可能是左撇子。」

夏冬青平靜的聲音隱含魄力，令三名女孩不禁屏息以對。

「偵探在調查時找到了許多線索，然而這些線索卻分別指向不同的嫌疑人，讓調查再度陷入瓶頸，甚至幾乎要得出『兇手是某種三頭六臂的怪物』的荒謬結論。」

「結果呢？兇手是誰？」見夏冬青語帶保留，尤亞忍不住衝上前，抓住他的肩膀猛晃，「不要賣關子了，你快說啊……噗嗚！」

狠狠挨了一記手刀的尤亞跪倒在地，委屈地按住額頭。

「阿青都欺負人家……」

「所有人都不是兇手的表象，反過來就意味著『所有人都是兇手』。」夏冬青的語調依舊相當平淡，他拉過側背的書包背帶，從裡頭取出妥善保存的巧克力。

「列車上的死者其實是個十惡不赦的罪犯，為了讓他得到應有的制裁，除了偵探與助手外的十二位旅客聯手殺了他，所以屍體上才會出現或深或淺、忽左忽右的刀傷，因為幾乎每個參與謀殺的人都刺了他一刀。」

——這就是「東方快車謀殺案」的謎題與真相。

以此做為結語，夏冬青閉上嘴巴，將裹在透明包裝袋裡的巧克力舉到面前。

「這個巧克力，就是死者，」

由糖粒和碎堅果拼出的笑臉，在塑膠袋中咧開嘴角。

「上頭既有用左手裝飾的痕跡，也有用右手製作的地方，看起來既細心又粗糙，讓人難以判斷製作者的身分。但反過來思考，只要不把嫌疑人侷限於同一個人，要找出真相就很簡單了。」

犯人是「所有人」。

釐清這點後，接著就是偵探上場的時間了。

夏冬青首先指向沐荻伶，雙眼中燃起明亮的火光。

「沐荻伶，妳是左撇子，這兩朵玫瑰花的裝飾是妳做的。身為唯一一個知道『東方快車謀殺案』劇情的人，用這種方式製作巧克力的主意，多半也是妳提出來的，對吧？」

「答對了。」沐荻伶彎起唇角，沒有因詭計被揭穿而展露出狼狽的模樣，「雖然知道你早晚都會猜出來，但沒想到連主使是誰都看穿了。那兩朵玫瑰可是費了我不少工夫，你要好好品嘗喔？」

「既然很費工夫，一開始別弄得那麼難不就好了？」

「畢竟機會難得，稍微不注意就努力過頭了。」沐荻伶俏皮地眨眨眼，像是在說「都是為了你喔」。

「再來是，李靜。」夏冬青轉向馬尾女孩，精準地喊出她的名字。

「妳的左手受傷了，不過慣用手的右手還能用，巧克力的磚體、還有上頭的水波紋都是妳做的。因為每天都第一個進教室，所以妳也負責『把巧克力放到抽屜裡』這項工作，我說的沒錯吧？」

李靜的肩膀因為被直呼名字而變得有些緊繃，聽完夏冬青的推論後，她才慢慢放鬆下來，露出無奈的苦笑，「原本我還擔心弄得那麼複雜會不會讓你很困擾，看來是白操心了。」

夏冬青稍稍揚起嘴角，最後轉向滿臉期待地看著他的尤亞。

「巧克力螺旋捲。」

「嗯嗯！是我是我！」

「妳是笨蛋嗎？」

「欸?!」

劈頭就被罵笨蛋的尤亞露出大為震驚的表情，夏冬青卻絲毫沒有要手下留情的意思。

「這上面撒的糖粒和堅果，是妳的傑作對吧？」夏冬青半睜著眼，指著巧克力表面的歪曲笑容，「這是在做什麼？扯人家後腿？」

「哪、哪是扯後腿！巧克力上面就是要灑滿這些東西才好吃啊！我只是把自己的喜好強加到你身上而已！這就叫做……呃，這叫做愛的展現喔！」

「妳這傢伙，一臉理所當然地說了很討人厭的話啊。」夏冬青冷靜地吐槽，隨後深深地嘆了口氣，「那這個笑臉又是怎麼回事？我想了很多種可能性，還是搞不懂為什麼要在上面畫笑臉。是為了提升推理難度，才刻意把成品毀掉的嗎？」

「啊哈哈……該怎麼說呢……」尤亞滿頭大汗，眼神不斷飄忽。

「要說是為了提升推理難度嗎，也不能算錯……嗯！我那個時候其實沒有想太多，比較像是心血來潮？想說阿青你應該會喜歡……」

「總而言之，是在扯後腿？」夏冬青目不斜視地看著尤亞，讓她額前的汗水再度增加。

「對、對不起，擅自做了多餘的事很對不起……把喜好強加到別人身上很對不起，把小伶跟小靜辛苦做的巧克力毀掉，真的很對不起。我是隻只會扯人家後腿的小笨狗，那個……」

在夏冬青無言的注目下，尤亞一邊戳弄兩手的食指，一邊囁嚅地低下頭。

「請原諒我。」

夏冬青持續盯著尤亞，直到她因羞恥而掩面蹲下，才靜靜移開視線。

「這就是事件的真相，巧克力是妳們三個一起做的，兇手是『所有人』。」案件告破。

在心中如此宣言的夏冬青頓了頓，向嘴角含笑的沐荻伶皺起眉頭。

「到這邊為止都還能以常理理解，但我還是不懂，為什麼要在今天送我巧克力？」

「就說那是愛的展現……」在地上高舉拳頭的尤亞還來不及把話說完，嘴巴就被李靜一把摀住。

「我們想要趁這個機會，跟你說聲謝謝。」儘管有點不好意思，李靜還是逞強地揚起視線，「一直以來讓你勞心勞力，都沒有機會好好道謝。原本我是提議一人做一份巧克力的……」

「但有人覺得匿名送同一份巧克力比較有趣，是嗎？」夏冬青瞥了沐荻伶一眼，後者則露出無辜的微笑。

「解謎不是你的興趣嗎？」

夏冬青沒有回答，只是擺出「妳是嫌我平常還不夠累嗎」的厭煩表情。

「所以我可以把這個理解為義理巧克力？」

「還是你比較想要我們送本命巧克力？」

「不，三個人一起送的本命巧克力未免也太沉重。」自己畢竟不是什麼後宮系輕小說的男主角，夏冬青完全不想面對那種宛如修羅場般的情節。

「總之，我們想趁情人節這天向你道謝。」眼看夏冬青始終沒有表現出高興的樣子，李靜有些不安地輕按胸口。

「我的話就是信哥那件事……」

「我很想坦率地收下這個。」夏冬青垂落眼簾。即便過了一整天，由三名女孩一起製作而成的巧克力還是被他保存得相當完整。

「不過我並沒有做過什麼值得讓妳們道謝的事情。」

聽到這句話，尤亞、李靜和沐荻伶互相交換了一下眼神，忍不住輕笑出聲。

「有什麼好笑的？」

「沒什麼。」沐荻伶用指尖擦了擦眼角，嘴角上揚的弧度又高了幾分，「只是想說，你果然會給出這種反應。」

「我沒有在開玩笑。」夏冬青別開目光，有別於往常的倦意，這回縈繞在他眼中的，是一種名為消沉的情緒。

「關於前陣子的人臉符號事件……我必須向妳們道歉。」

尤亞張大嘴巴，滿臉不敢置信地用唇形重複著「道歉？」兩個字。

「為什麼要道歉？」李靜不動聲色地巴了尤亞的頭一下，向夏冬青投以詢問的視線。

「從追查紙條的來源開始……整個調查的過程都太莽撞了，明知可能會有危險，還放任妳們去追查線索。這次沒有人受傷，真的只能說是運氣好。」

夏冬青的語氣依舊平靜，當時因發高燒而蒙上的黯淡光芒，卻再度顯現於他的雙眼之中。

「是我太自以為是了。誤判情勢、以為一切都在掌控之中的結果，就是讓狀況變得更容易失控。如果能提早察覺這點，說不定就不會讓妳們遇到危險，妳堂哥的事情……說不定也還會有轉圜的餘地。」

「夏冬青同學……」聽到李信的名字，李靜不禁緊抿嘴唇，一時間不知道該如何接話。

「哎呀，阿青真是的，怎麼突然這麼三八。」尤亞一邊竊笑，一邊靠過去拐了拐男孩的側腹，「我們看起來像是那種會跟你計較這點小事的人嗎？不過要是真的覺得抱歉的話，車站前新開的那家泡芙店……」

「你不需要道歉。」沐荻伶伸出手，把蠢蠢欲動的尤亞拉了回來，「歸根究柢，人臉符號的事件是我們把你攪和進來的，要不是你最後及時趕來支援，結果可能會變得更糟。」

「但如果不是我……」

「現在想想，當時我們的行動確實可以再謹慎一些。」沐荻伶輕輕截斷夏冬青的話語，以客觀的角度評論，「但有太多因素不是人為能控制的，既然我們最後都平安無事，就別繼續糾結這些了。」

「夏冬青同學不需要道歉。」

「但還是可以請我們吃泡芙啦。」

眼看李靜和尤亞也接連表示不在意，夏冬青的唇邊才隱隱浮現出一絲笑容。

「嗯……或許是我太鑽牛角尖了。」

「那麼，那個巧克力……」

注意到李靜忐忑的視線，夏冬青將三名女孩做的巧克力重新放進書包內。

「我就收下了，謝謝。」

李靜和尤亞交換了一個眼神，紛紛露出開心的笑容。

「阿青，雖然很麻煩，但要一直跟我們當朋友喔？」尤亞抓住夏冬青的手，滿臉擔心地連連搖動，「不可以討厭我喔？」

「既然知道會被人討厭，就別一天到晚做那些多餘的事。」夏冬青毫不留情地別過眼神，讓尤亞發出大受打擊的嗚咽聲。

「我也是，希望你能繼續和我做朋友。」李靜正經八百地低下頭，「未來也請多多指教了，夏冬青同學。」

「嗯，我也是，請多指教。」

「啊！為什麼阿青對小靜就這麼溫柔？不公平啦！人家也想被阿青放在手心上疼！」

「滾。」

夏冬青只用一個字，就讓尤亞痛不欲生地跪倒在地。她像是瀕死的蟲子般掙扎了一會兒，才勉強抬起頭，「小、小伶呢？有什麼話想對阿青說的嗎？」

「現在的話，沒有了喔。」沐荻伶以別具深意的方式輕巧地接過話鋒，「妳們呢？」

「我想說的也說完了。」李靜揚起嘴角，展開清爽的笑容。

「嘛，我這邊則是『繼續說下去的話，會對心靈健康有害』的狀況呢。」尤亞裝模作樣地哼笑，單手撐膝地站了起來，「那麼，時間也差不多了，我得在顧問老師下班前再去動物救援社一趟。各位，咱們後會有期。」

「我也是，休息時間差不多要結束了，得趕快回去。」李靜看了看手機上的時間，不禁繃緊嘴角，「先走一步了。尤亞，替我跟波可和小鐵打聲招呼。」

「好！」

將視線從李靜快跑離去的背影上拉回來，尤亞向沐荻伶和夏冬青舉起手。

「我也先撤囉，明天學校見。」

不等兩人做出回應，尤亞就蹦蹦跳跳地往學校後門跑去。直到距離拉開到十幾公尺，尤亞才像是突然想到什麼般，轉身將手掌圈在嘴邊。

「小伶！阿青！自從認識你們以來，我每天都過得很開心！」

沐荻伶愣了愣，隨即展開柔和的笑容，「我們也是，回家的路上小心喔。」

「好！明天見！」

尤亞最後一次揮了揮手，才心滿意足地朝動物救援社的方向奔去。

看著她的身影很快地消失在人行道彼端，沐荻伶才將視線收回。

那句「明天見」似乎激起了沐荻伶心中複雜的情緒，只見她凝目注視著飄落的櫻花花瓣，好一會兒後，才以眼神向夏冬青示意。

「我們也走吧。」

「嗯。」

時間已經逼近傍晚，最後一絲晚霞在天際線綻放橙紅色的光芒。

遠處能看到茗川的學生們三三兩兩地聚在一起、相偕踏上歸途的身影，他們一邊放聲談笑，一邊分享著可有可無的話題。這幅景象洋溢著濃厚的日常感，讓人不禁有種……這種日子會一直延續下去，直到永遠的錯覺。

「所以呢？」

「？」沐荻伶聞聲抬頭，向夏冬青遞出詢問的目光。

「從剛剛回答巧克力螺旋捲的方式來看，妳應該還有別的事要跟我說吧？」

即便推理結束，夏冬青眼中的火光卻仍未消失。他還記得尤亞問沐荻伶「還有什麼話想對阿青說」的時候，沐荻伶並非回答「有」或「沒有」，而是回答「現在的話，沒有」。

這兩種回答存在著本質上的差異，而夏冬青並沒有放過這微小的異樣感。

「我不認為妳是那種因為有趣，就會搞出這種麻煩事的人。」夏冬青的腳下維持著不疾不徐的步調，言詞卻難得得有些鋒利。

「為什麼要用這種拐彎抹角的方式送巧克力？為什麼明知道巧克力螺旋捲會搞砸，還讓她負責最後的裝飾？」夏冬青偏過目光，牢牢盯住沐荻伶的側臉。

「妳到底想做什麼？」

「攻勢太猛烈的話，是會嚇到女生的喔。」沐荻伶一派輕鬆地笑了笑，伸手接住一枚飄落的櫻花花瓣。

種植在茗川校園外圍的櫻花樹，以符合季節的樣貌綻放花蕾，每隔一段距離，就會讓櫻色染入一片淺灰的城市景觀之中。此情此景，讓人不禁想起兩人相遇的原因，就是因為那起在茗川高中掀起巨大風波的「櫻樹下的幽靈」事件。

「我聽到了喔。」沐荻伶用拇指輕撫躺在掌心上的花瓣，任由那抹粉色倒映在雙眼中，「你在美術教室對李靜同學說的話。」

「全都聽到了？」

「至少聽到了跟我有關的那部分。」

沐荻伶鬆開手，讓花瓣從指縫間溜出。

「你之所以會叫我的名字，是因為我是那種，需要有人時刻提醒一切都好、否則就會沒有安全感的類型，對吧？」

「……難道我搞錯了？」

「沒有喔，完全被你說中了。」沐荻伶把雙手揹在身後，嘴角一如往常地揚起。

「只是知道你有注意到這點，讓我感到很安心。」

「如果妳跟巧克力螺旋捲她們說的話，我想她們也會想辦法讓妳感到安心的。」

「很可惜，我並不是擅長做那種事的人。」沐荻伶無奈地笑了笑，像是要感受自己的心跳般，將手掌放上胸口，「要親口把自己脆弱的部分告訴別人，不覺得很羞恥嗎？」

夏冬青沒有正面回答，算是同意了這句話。

「所以妳才讓她們跟妳一起演了這齣戲？為了營造日常感？」

「為了製造回憶。」沐荻伶稍稍修正了夏冬青的用詞。

「對我們來說，高中的校園生活就是『日常』，對吧？每天上學、放學，念書、考試，雖然也有辛苦的時候，但我真心覺得這樣的時光很開心。」

「那不是很好嗎？」

「不過再怎麼平穩的日常，也終究會有結束的一天。」沐荻伶輕聲說道，彎起的唇邊溢出一絲惆悵，「轉學、休學、重新編班、畢業，只要有任何一點變動，熟悉的日常就會瞬間消失。」

「所以才想製造回憶？」

「你想想看，如果每天都過得差不多的話，就算記憶力再怎麼強，也不可能記住所有細節吧？」

「確實。」

「不過，要是大家一起去做某件特別的事，就算再過十年八年，也一定會記得。」

「結果就讓我成了唯一的受害者？」

「別這麼說嘛，那個巧克力我們做得很用心喔。」沐荻伶笑著拍了拍夏冬青的肩膀，臉上卻不由得露出寂寞的神色。

「而且不這麼做的話……總感覺這些美好的事物會突然從身邊溜走。」

察覺到這才是女孩的真心話，夏冬青不禁疲倦地嘆了口氣。

「既然這麼害怕那些東西消失，就老實點，對那兩個人說『請一直待在我身邊』『請一定要平安健康』不就好了？」

「因為我不是能坦率說出這些話的人，那時候才沒能對姐姐伸出援手啊。」沐荻伶喃喃說著，展開一抹酸甜混雜的笑容。

「不過現在沒關係了。」

「沒關係了？」夏冬青微微皺起眉頭，似乎有點意外會聽到這句話。

「因為，就算我再怎麼遮遮掩掩，這個世界上也一定有人能看透。」沐荻伶稍微加快腳步，來到夏冬青的面前。

女孩長長的睫毛眨呀眨，如高掛於夜空、俯瞰塵世的群星般閃閃發亮。

「夏冬青，你會一眼看穿所有難題，然後像現在這樣，用溫柔的方式解決。只要想起這點，我就會覺得安心，所以沒關係的。」

「別這麼高估我，我沒有妳說的這麼神通廣大。」夏冬青的語調就像在陳述某件事實般，平淡至極，「而且就算我能看穿，別人可能還是會誤會。這次的巧克力也是，如果被班上的同學發現，說不定會讓他們誤以為是有女生向我告白。」

「萬一不是誤會呢？」沐荻伶點著嘴唇，唇瓣彎起的弧度絲毫不減，「萬一有人藉這個『大家一起送禮』的機會，把真心偷偷藏在那個巧克力裡，你也能看出來嗎？」

夏冬青再次陷入沉默。

下個瞬間，拂過兩人身邊的風勢突然轉強，將無數片花瓣從櫻樹上吹落。

沐浴在這陣櫻花雨中，沐荻伶負起雙手，向夏冬青展開至今最為嬌媚的笑容。

「來推理看看吧，夏冬青。」

這是屬於他們的日常。

也是屬於他們的……日常中的非日常。

這樣的一切，或許會一直延續下去，也或許會在明天就迎來終結。

無論如何，那些歡笑、淚水，謎題與真相，都會一一化為結晶，永遠留存於某人的回憶中。

從那棵光禿的櫻樹下，到櫻花盛放的人行道旁，怪盜與名偵探的對決，終將持續下去。

因為他們在尋找的，是比犯罪或真相更為重要的事物。

——《冬青樹下的福摩摩斯02完》

——《冬青樹下的福摩摩斯　全文完》

後記

冬青樹下的福爾摩斯

大家好，我是散狐。一如往常，感謝閱讀至此的你。

《冬青樹下的福爾摩斯》是我筆下第一部推理系輕小說，之前的作品雖然多少有些解謎的元素，但都並非以「推理」為主軸，因此對某狐來說，這同時也是一個嶄新的挑戰，希望各位看官能喜歡。

正如書名，本作不論是謎題的架構，還是一篇章一案件的形式，都很大程度致敬了柯南．道爾的經典名作《福爾摩斯探案》。

雖然對本格派推理迷來說，《福爾摩斯》的架構其實不太正統，因為故事裡給出的謎題和線索往往不太對等，但眾所周知，《福爾摩斯》吸引人的並非推理，而是「懸案」。正因為攤在讀者面前的每起案件都如此懸疑、如此詭譎，名偵探那舉重若輕的推理才顯得無比迷人。

為了營造破案過程的緊張感，這集的兩個事件中，夏冬青幾乎全程掉線，只剩下尤亞和沐荻伶攜手拚搏。可想而知，過程可說是險象環生，不過這也讓第一卷鮮少有機會表現的沐荻伶和李靜多了一些戲分。

尤其是沐荻伶，身為女孩組智將擔當的她，意外和夏冬青擦出了不錯的火花，最後也在本書末尾大膽出擊，希望兩人能在未來的某一天修成正果。

那麼，接續上一卷後記的部分，讓我們來揭曉「機車竊案」的謎底吧……

事件的最後，某狐的愛車是在樓下的便利商店旁找到的。

沒錯，真相就是粗心的某狐在便利商店繳完費後，完全忘記自己有騎車出門，就這麼把車子扔著直接走回家，於是某狐的愛車就在便利商店外風吹雨淋了兩週。

足足兩週。

因為根本沒把機車牽回來，所以某狐日後來到地下停車場時，才會找不到愛車，只好慌慌張張地跑去調閱監視錄影器。偏偏該停車場的監視錄影檔案只保留七天，車輛辨識系統又詭異得只會記錄「車輛進入的時間」、沒有「車輛離開的時間」，才會在陰錯陽差之下，營造出「機車被某人神乎其技地偷走」的錯覺。

當天會留下「車輛進入」的記錄，則是因為某狐剛出門時，發現自己沒把要去郵局寄的文件帶齊，又急急忙忙地趕回家，一進一出下，才留下了那筆電子鎖記錄。

至於破案的契機……很遺憾，並沒有哪個名偵探參與其中，單純是狐弟隨口問了一句：「你該不會根本沒把車子騎回來吧？」

一切就豁然開朗了。

以上就是整個破案過程，不知道有沒有讀者朋友提前猜到真相了呢？

再次重申，這是某狐朋友的朋友的故事，嗯嗯。

最後，感謝《冬青樹下的福爾摩斯》的所有支持者，關於本作問世的曲折這邊就不再贅述，無論如何，能夠寫出這個故事的我已經足夠幸福了。

感謝協助本書付梓的三日月編輯部，也感謝勞心勞力的兩任編輯，能在最後給《冬青》的主角群們一個很棒的收尾，我很開心。

那是我的心和靈魂。

我是散狐，終點不意味著結束，而是新的開始。

期待每一次重逢。

我們到時見。

散狐

高寶書版集團
gobooks.com.tw

輕世代 FW402
冬青樹下的福爾摩斯 02（完）

作　　者　散　狐
繪　　者　雨　野
編　　輯　王念恩
美術編輯　張新御／Benben
排　　版　彭立瑋
企　　劃　黃子晏

發 行 人　朱凱蕾
出　　版　三日月書版股份有限公司
　　　　　Mikazuki Publishing Co., Ltd
地　　址　臺北市內湖區洲子街88號3樓
網　　址　www.gobooks.com.tw
電　　話　(02) 27992788
電　　郵　readers@gobooks.com.tw（讀者服務部）
傳　　真　出版部　(02) 27990909　行銷部 (02) 27993088
郵政劃撥　50404557
戶　　名　英屬維京群島商高寶國際有限公司臺灣分公司
發　　行　英屬維京群島商高寶國際有限公司臺灣分公司／Printed in Taiwan
　　　　　Global Group Holdings, Ltd.
初版日期　2023年9月

國家圖書館出版品預行編目(CIP)資料

冬青樹下的福爾摩斯/散狐著.-- 初版. -- 臺北市：三日月書版股份有限公司出版：英屬維京群島商高寶國際有限公司臺灣分公司發行, 2023.09-
冊；　公分. --

ISBN 978-626-7152-43-0(第2冊：平裝)

863.57　　111019428

三日月書版

三日月書版

GOBOOKS
& SITAK
GROUP©